Frieda unter Verdacht

Das Buch

Eigentlich wollte Lenas 86-jährige Tante Frieda nur Unterschriften gegen ein Bordell in der Nachbarschaft sammeln, doch plötzlich ist sie die Hauptverdächtige in einem Mordfall: Man findet sie über ein totes Mädchen gebeugt – die Tatwaffe in der Hand. Alle Indizien sprechen gegen sie. Dann geschehen auch noch merkwürdige Einbrüche in Friedas Haus, während Lena deren Dackel hütet. Hängen die Vorfälle zusammen? Als Frieda schließlich unerwartet in Bayreuth abtaucht, muss Lena mit tatkräftiger Unterstützung ihres Schwarms Andreas hinterher, um ihre Tante zu suchen.

Unterdessen gibt es nicht ganz unkomplizierte Spannungen zwischen Kommissarin Bärbel König und Kommissar Peter Bruchfeld, die doch eigentlich den Fall lösen sollen. Wohl oder übel müssen die beiden sich aussprechen, um weiter zusammenarbeiten zu können. Kollegin Katrin ist zuversichtlich, dass es mit den beiden und der Liebe nun endlich klappt ...

Die Autorin

Heidi Gebhardt, geboren 1962, war früher als Kundenberaterin in Werbeagenturen tätig und arbeitet heute als freie Autorin. Schon früh hat sie ihre große Liebe zum Kochen und zur Kriminalliteratur entdeckt, der sie sich nach der Geburt ihrer Kinder noch mehr widmen konnte. Ihr erster Krimi um Tante Frieda erschien im Selbstverlag und war ein großer Erfolg in Hanau und Frankfurt. Die Autorin lebt seit über zehn Jahren im Hanauer Stadtteil Hohe Tanne.

Von Heidi Gebhardt sind in unserem Hause erschienen:

Tante Frieda · Kein Mord ohne Tante Frieda
Frieda unter Verdacht

HEIDI GEBHARDT

FRIEDA UNTER VERDACHT

Ein Hohe-Tanne-Krimi

List Taschenbuch

Besuchen Sie uns im Internet:
www.list-taschenbuch.de

Originalausgabe im List Taschenbuch
List ist ein Verlag der Ullstein Buchverlage GmbH, Berlin.
1. Auflage August 2016
© Ullstein Buchverlage GmbH, Berlin 2016
Umschlaggestaltung: ZERO Werbeagentur, München
Titelabbildung: © Alice Gebhardt
Satz: LVD GmbH, Berlin
Gesetzt aus der Goudy Old Style und Gotham
Druck und Bindearbeiten: CPI books GmbH, Leck
Printed in Germany
ISBN 978-3-548-61280-5

1

Irgendwas schrillte in meine Träume hinein. Ich versuchte, den Wecker zu ertasten. Als ich ihn endlich in die Finger bekam und auf die Schlummertaste drückte, ging das Schrillen weiter. Ich atmete tief aus. Öffnete die Augen und tapste barfuß zum Telefon. Das konnte nur meine Tante Frieda sein. Sie war die Einzige, die mich noch auf dem Festnetz anrief. Und zwar ungeduldig. Das konnte ich am Klingeln hören.

»Hm?«, brummte ich in den Hörer.

»Lena? Was ist los? Habe ich dich etwa geweckt? Wir haben gleich zehn Uhr!«

Kein Mensch verstand es so wie meine alte Tante Frieda, innerhalb von Sekundenbruchteilen die Tonlage von fragend-besorgt zu schrill-vorwurfsvoll zu wechseln. Sie war schon über 80, aber in jeder Hinsicht topfit. Und ich ließ mich immer noch sehr gerne von ihr umsorgen und bemuttern.

Ich gab ein ungefähr nach Nein klingendes Murmeln von mir.

»Dieser Wittibert hat doch tatsächlich schon wieder so ein Flitscherl hier angeschleppt! Am frühen Morgen! Und dann ist er zu mir rübergekommen – ich war gerade am Straßefegen. Lena, der hat mich eingeladen. Ich soll morgen Nachmittag zu ihm. Der möchte einen ›House-warming-Kaffee‹ machen. Ich geh da nicht hin. Also … mit dir würde ich hingehen. Alleine auf gar keinen Fall! Dann könnten wir auch hören, mit was der sein Geld verdient.«

Udo Wittibert war Friedas neuer Nachbar aus dem Haus gegenüber. Sie war überzeugt davon, dass dieses Haus verflucht war.

Dieses alte Haus, einst erbaut von einem Ehepaar, dessen Ehe unschön auseinandergegangen war, stand lange Zeit leer. Nur ganz kurz lebten danach eine Anwäl-tin und ein Jäger zusammen darin – denn kaum war das junge Paar fertig mit Renovieren, hatten sie sich ge-trennt und zogen wieder aus.

Seitdem fehlten, sehr zu meinem Bedauern, Wild-schweinbraten und Rehkeule auf Friedas Speisezettel.

Und nun hatte ein Frankfurter Geschäftsmann das Haus gekauft und aufwendig umgebaut.

»Lena? Lena, bist du noch dran?«

Ich nickte stumm. Gut, das konnte Frieda nun nicht sehen.

»Hallo? Bist du wieder eingeschlafen?«

»Mhm, bin noch dran.«

»Lena, du bist ja noch am Schlafen! Na, dann trink mal deinen Kaffee. Ohne kannst du ja nicht. Ruf mich zurück, wenn du wach bist.« Frieda legte den Telefon-hörer scheppernd auf.

So, so. Dieser Wittibert hatte Frieda also eingeladen.

Ich wollte ja auch gerne wissen, wie der lebte. Dass er, laut Frieda, angeblich ständig Prostituierte mitbrachte, belustigte mich schon seit längerer Zeit. Nicht so Frieda. Sie rief mich oft deswegen an und beklagte sich bitterlich. Sitte und Anstand in der Hohen Tanne verfielen, weil dieser Wittibert dauernd diese Mädchen anschleppen würde. »Der hat bestimmt ein Bordell!«, beteuerte Frieda immer wieder.

In meinem Kopf war ein Bordell rot und plüschig. Das Haus dagegen war in einem schlichten und klaren Design modernisiert worden. Der Mann hatte sogar eine riesige Tiefgarage bauen lassen. Zwischen dem Schwimmbad, in dem ich schon als Kind geplanscht hatte, und der neuen Tiefgarage hatte er eine Glasscheibe einziehen lassen.

Als ich noch Schülerin war, hatten die damaligen Eigentümer manchmal alle Kinder aus der Straße zum Schwimmen eingeladen. Wie spartanisch das Schwimmbad damals eingerichtet war! Jetzt konnte man an einer Bar am Pool sitzen und sich die Oldtimer ansehen, die der Mann sammelte. Das hatte mir Frieda erzählt, als ich letzte Woche zum Essen bei ihr war. Ohne Frieda wäre ich schon längst verhungert!

Ich hatte mich vor ein paar Jahren als Graphikdesignerin selbständig gemacht. Das lief zuerst auch ganz gut, aber seitdem die großen Agenturen alle aus Frankfurt weggezogen waren, bekam ich keine Aufträge mehr. Wenn Frieda mir nicht ab und zu die Miete und eine Tankfüllung bezahlen würde – ich wüsste nicht, wie ich über die Runden kommen sollte. Frieda kochte und backte sensationell. Und sie kochte extra immer so viel, dass sie mir die Reste in Plastikdosen und Gläser einpacken konnte. Die halfen mir dann über die Woche.

Die kleine, verhutzelte Frieda mit den schlohweißen Haaren erledigte ihre Einkäufe normalerweise mit dem Fahrrad. Oft fuhren wir auch mit meinem kleinen, verbeulten Auto gemeinsam zum Großeinkauf. Jedes Mal legte Frieda teures Shampoo, Duschgel und so ein Zeug in den Einkaufswagen. Für sich, wie sie sagte. Zu Hause packte sie die Sachen dann für mich ein und behauptete, sie hätte sich vertan.

Frieda hatte sich nach dem viel zu frühen Tod unseres Vaters schon immer mehr um mich und meinen Bruder gekümmert als unsere eigene Mutter. Genau genommen hatte Frieda uns großgezogen. Meine Mutter tingelte im Moment durch Indien und ließ so gut wie nie etwas von sich hören. Mein Bruder Sven war genauso unstet wie sie und reiste durch die Welt. Meistens überführte er große Segelschiffe für reiche Leute. Die hatten so viel Geld, dass sie selbst komfortabel in die Karibik flogen und sich ihr Boot vom Mittelmeer oder sonst woher bringen ließen.

Ich stopfte meine dreckige Wäsche in eine Plastiktüte. Später würde ich die Tasche zu Frieda mitnehmen, um bei ihr zu waschen.

Noch nicht mal meine kaputte Waschmaschine konnte ich reparieren lassen, geschweige denn eine neue kaufen. Selbst für den Waschsalon fehlte mir das nötige Kleingeld, auch wenn ich ein-, zweimal wöchentlich in der Brückenstraße in Frankfurt-Sachsenhausen, wo ich in einer wunderschönen Altbauwohnung lebte, in einem kleinen Laden Frankfurter Devotionalien verkaufte. Das Geld, das ich damit verdiente, reichte nicht mal für das Nötigste. An den Wochenenden konnte ich manchmal in der Apfelweinkneipe an der Ecke bedienen. Das Trinkgeld sicherte mir zumindest den Wochenbedarf an Kaffee.

Ich nahm aus meinem Kleiderschrank den Blazer, den ich mir gekauft hatte, als ich das letzte Mal mit der Gestaltung einer Broschüre Geld verdient hatte. Friedas neuer Nachbar war schließlich Geschäftsmann. Das mit dem Bordell glaubte ich nicht, aber vielleicht konnte er für seine Firma ein Prospekt gebrauchen. Da wäre es sicher hilfreich, wenn ich gut angezogen war. Außerdem war ich mächtig gespannt darauf, mir endlich seine Autos anzusehen!

2

Nachdem Frieda das Telefonat mit ihrer Nichte Lena beendet hatte, machte sie sich fertig zum Gassigehen. Vor ein paar Wochen hatte sie bei einem Spaziergang einen sehr netten Herrn kennengelernt. Er lebte seit kurzem in dem kleinen Stadtteil Hohe Tanne und kam aus Bayreuth, Friedas Heimatstadt. Seitdem führte Frieda fast täglich in Begleitung dieses Herrn ihre Dackelhündin Amsel aus.

Frieda setzte ihren Hut auf, nahm Amsel an die Leine und machte sich auf den Weg, um ihren neuen Bekannten zu treffen. Hans Gruber stand schon auf der Straße vor dem Mehrfamilienhaus, in dem er wohnte.

Es war lange Zeit das einzige Mehrfamilienhaus in der beschaulichen Hohen Tanne gewesen und wurde mit seinen gerade mal vier Stockwerken deshalb immer noch »das Hochhaus« genannt. Dann begann eine Zeit, in der Investoren kamen und über den Stadtteil herfielen. Sie kauften die schönen Villen auf und machten ein paar Häuser mit den wundervollen großen Gärten und dem alten Baumbestand platt.

Drei, vier große Appartementhäuser wurden gebaut. Es hatte lange gedauert, bis die Bewohner dagegen aufbegehrten. Erst nachdem sich ein Mann an eine alte Eiche gekettet und so auf die Bauvorhaben aufmerksam gemacht hatte, wurde ein Bauplan für den Stadtteil erstellt. Es war in der Hohen Tanne trotzdem ruhig geblieben. Man traf die Bewohner höchstens mal an, wenn die Straßen gekehrt oder die Mülltonnen auf die Gehsteige geschoben wurden.

Bauaktivitäten gab es jedoch weiterhin. Wenn Frieda mit ihrer Dackeldame spazieren ging, staunte sie immer wieder, wie schnell die Häuser abgerissen wurden und neue entstanden. Manche Leute machten auch aus alten Häuschen ruck, zuck geschmackvolle, moderne, lichte Häuser. So wie ihr neuer Nachbar Udo Wittibert. Nur was er sonst so trieb, passte der alten Dame überhaupt nicht.

Hans Gruber, der vor dem Haus gewartet hatte, winkte erfreut und kam ihr entgegen. Er nahm Friedas Arm und legte ihn sanft um seinen.

Wie sie so untergehakt die Straße entlanggingen, wirkten die beiden sehr vertraut. Fast wie ein altes Ehepaar, obwohl Hans Gruber sicher 15 bis 20 Jahre jünger war als Frieda.

Mit ihm konnte Frieda herrlich in vergangenen Zeiten schwelgen. Ihre Erinnerungen waren verklärt. Die schlimmen Kriegsjahre, die sie als Kind erlebt hatte, blendete sie, wie so viele ihrer Generation, einfach aus. Bayreuth war in ihrem Gedächtnis so bunt und heiter, wie sie es bei ihren letzten Verwandtschaftsbesuchen erlebt hatte.

Im Kurpark Wilhelmsbad kündigte sich schon der Herbst an. Die Blätter färbten sich langsam in goldenen Rottönen. Die tiefstehende Sonne hatte es geschafft, den diesigen Schleier vom Tagesanfang zu durchdringen, und tauchte alles in ein warmes Licht.

»Wissen Sie, was mich doch sehr wundert, liebste Frau Engel?«, sagte Hans Gruber, als sie an dem restaurierten historischen Karussell vorbeispazierten. »Warum zählt das wundervolle Gesamtkunstwerk Wilhelmsbad nicht schon längst zum Weltkulturerbe? Alleine die Konstruktion des Karussells – bedenken Sie nur, es wurde 1780 gebaut! Dem Architekten, Franz Ludwig von Cancrin, müsste doch eine besondere Ehre zuteilwerden.«

Frieda nickte. »Darüber habe ich auch schon nachgedacht. Das markgräfliche Opernhaus in Bayreuth gehört schließlich auch zum UNESCO-Weltkulturerbe! Es wäre doch schön, wenn auch Wilhelmsbad dazugehörte.«

Plötzlich fing Hans Gruber an, den berühmten Dichter Bayreuths, Jean Paul, zu rezitieren. »Du liebes Bayreuth, auf einem so schön gearbeiteten, so grün angestrichenen Präsentierteller von Gegend einem dargeboten ...«

»... man sollte sich einbohren in dich, um nimmer heraus zu können«, vollendete Frieda gut gelaunt.

Sie sahen sich an und lachten beide. Ach, es war zu schön, sich mit jemandem so gut zu verstehen und über die Heimat reden zu können, dachte Frieda und seufzte. Mit jemandem, der in Bayreuth aufgewachsen war und es wie seine Westentasche kannte.

Frieda Engel und Hans Gruber kehrten nach dem Spaziergang im historischen Wilhelmsbader Bahnhof ein, der jetzt ein Gasthaus namens Fürstenbahnhof beherbergte. Die beiden setzten sich in der Herbstsonne draußen an einen Tisch und orderten zwei Kaffee. Der aufmerksame Kellner brachte ihnen Fleecedecken und steckte Frieda zusätzlich ein Kissen in den Rücken. Dann holte er für Amsel eine Schüssel mit frischem Wasser. Frieda fühlte sich wohl und sagte zu ihrer neuen Bekanntschaft:

»Nicht wahr, hier bei uns ist es auch sehr schön! Morgen werde ich Ihnen das Barockschloss Philippsruhe am Main zeigen und dann das Goldschmiedehaus in der Altstadt!« Frieda kam ins Schwärmen und Plaudern, da fiel ihr plötzlich der neue Nachbar von gegenüber ein. Sofort verdüsterte sich ihre Stimmung. Sie gestand ihrem Bekannten, wie unangenehm es für sie sei, dass der neue Nachbar augenscheinlich Besuch von käuflichen Damen bekomme, quasi direkt vor ihrer Haustür.

Hans Gruber tätschelte verständnisvoll ihre Hand. »Frau Engel, Ihre Aufregung ist nur allzu verständlich! Es ist eine Schande, dass manche überhaupt kein Schamgefühl mehr haben. Und das am helllichten Tag!«

Frieda nickte. Sie fühlte sich verstanden. Sie war froh, endlich einen Vertrauten gefunden zu haben, der sie in dieser Angelegenheit ernst nahm. Nicht wie ihre Nichte Lena, die sich über sie lustig machte und sie die ganze Zeit aufzog.

3

Hauptkommissarin Bärbel König saß an ihrem Schreibtisch in der Hanauer Dienststelle und blickte nachdenklich auf den leeren Platz ihr gegenüber. Ihr Kollege Peter Bruchfeld war gerade zum nahe gelegenen Metzger gegangen, um sich ein belegtes Brötchen zu holen. Bärbel wickelte eine Strähne ihrer wilden Locken um den Finger und dachte nach. Sie fühlte sich in ihrem Team eigentlich sehr wohl. Nachdem Steffen vor rund drei Jahren hinzugekommen war, war sie mit ihren mittlerweile dreiunddreißig nun nicht mehr die Jüngste. Solange es keinen aktuellen Fall zu lösen gab, teilte sich das vierköpfige Team in eine Tag- und eine Nachtschicht auf. Bärbel hatte bisher die Schichten immer zusammen mit

Peter übernommen, der ein paar Jahre älter war als sie. Doch diese Konstellation wollte sie jetzt ändern.

Peter Bruchfeld hatte sich im Sommer einen Traum erfüllt und eine Harley-Tour durch Kalifornien unternommen. Drei Wochen war er im Urlaub gewesen. Eine lange Zeit, in der Bärbel viel über Peter nachgedacht hatte. Er war im Laufe der Zusammenarbeit ihr bester Freund geworden. Seit er einmal in eine sehr brenzlige Situation geraten war, wusste sie, dass sie ihn liebte und sich diese Liebe lange nicht hatte eingestehen wollen. Auf der Treppe im Präsidium hatten sie sich leidenschaftlich geküsst. Beim Gedanken daran berührte Bärbel ihre Lippen. Als Peter, einen ganzen Kopf größer als sie, sie an seine muskulöse Brust gedrückt hatte, vergaß sie die Welt um sich herum. Und danach? Da machte er einen Rückzieher und fuhr in den Urlaub. Alleine. Um nachzudenken.

Während seines Urlaubs hatte er Bärbel nur ein einziges Mal angerufen. Er hatte gegen den tosenden Wind angeschrien, und seine Worte brannten sich in ihr Gedächtnis ein. »Total geil hier. Schade, dass du nicht da bist! Denke viel an dich. Wir reden, wenn ich wieder zu Hause bin!«

Diese knappen Worte hatten in Bärbel eine ganze Reihe von Überlegungen ausgelöst. Sie liebte Peter, aber sollte sie sich wirklich aufgrund dieser paar Worte Hoffnungen machen? Die Hoffnung, dass Peter sich eingestanden hatte, dass er Gefühle für sie hatte? Und dass ihm endlich klargeworden war, dass zwischen ihnen mehr war als nur eine freundschaftliche Beziehung? Und sehr viel mehr als gute Zusammenarbeit? Sie hatte sich lange gefragt, ob sie Peter nach seinem Urlaub vom Flughafen abholen sollte. Verabredet hatten sie nämlich nichts. Sie war dann doch hingefahren. Mit vielen anderen Menschen hatte sie am frühen Morgen in der Ankunftshalle vor den großen blickdichten Schiebetüren gestanden und gewartet, in der Hand eine Flasche kalten Sekt und zwei Gläser für die Begrüßung.

Die Schiebetür war endlich aufgegangen und hatte den Blick auf Peter freigegeben: braun gebrannt und unrasiert. Er trug eine verwaschene Jeans und seine geliebten Cowboystiefel. Lässig hatte er eine abgewetzte Ledertasche über seine Schulter geworfen. Er sah nach Freiheit und Abenteuer aus.

Er schaute Bärbel direkt an, sein Gesicht strahlte, und um seine Augen wurden viele kleine Fältchen sichtbar. Bärbel lachte, sie freute sich über das Leuchten in seinen müden Augen.

Doch plötzlich waren Peters Gesichtszüge eingefroren, gebannt hatte er auf einen Punkt hinter Bärbel gestarrt.

Bärbel war nur kurz verwirrt gewesen. Instinktiv griff sie zu ihrer Waffe – aber sie hatte ihr Holster gar nicht um. Wie in Zeitlupe drehte sie sich um und suchte, welchen Punkt Peter fixierte. Ihr Puls schlug minimal höher, routiniert scannte sie die Umgebung auf eine drohende Gefahr. Sie musterte die wartende Menschenmenge.

Aus dieser Menschenmenge löste sich plötzlich eine langbeinige Frau und war mit drei Sätzen und einem lau-

15

ten Juchzen bei Peter. Sie sprang an Peter hoch und hängte sich an seinen Hals. Mit ihren langen Beinen umschloss sie seine Hüften.

Peter hatte seine Tasche fallen lassen, die Frau reflexartig festgehalten und dabei erschrocken zu Bärbel geblickt.

Bärbel hatte gewusst, wer diese Frau war.

4

Hans Gruber, ganz Gentleman, begleitete Frieda nach jedem Spaziergang mit Amsel bis vor ihre Haustür.

»Liebste Frau Engel, ich mache mir so meine Gedanken über Ihre Situation«, meinte er auf dem Nachhauseweg sorgenvoll. »Wir sollten etwas gegen Ihren neuen Nachbarn unternehmen. Wie wäre es, wenn wir Unterschriften sammelten? Es leben doch so viele Kinder in diesem Viertel – die müssen geschützt werden! Warum sollten die unschuldigen Kleinen mit den auffälligen – ähm – Damen von Ihrem Nachbarn konfrontiert werden? Was sagen Sie dazu?«

Frieda nickte. Ja, da hatte er völlig recht.

Er fuhr fort: »Ich werde gleich heute Nachmittag zum Ordnungsamt gehen und mich über Ihren Nachbarn beschweren. Und das sollten Sie auch tun, liebste Frieda. Am besten aber erst morgen oder übermorgen. Wenn mehrere Menschen an verschiedenen Tagen dort vorsprechen, sehen die Behörden, wie ernst die Lage ist. Dann unternehmen sie hoffentlich was!«

Seine Tatkraft und sein Engagement beeindruckten Frieda. Endlich ein Mann, der wusste, was zu tun war!

»Eine ausgezeichnete Idee!«, freute sie sich. Sie überlegte, was sie außerdem tun konnte. »Wissen Sie, Hans ...« Die Nennung seines Vornamens bedachte Herr Gruber mit einem fast zärtlichen Lächeln und einem sanften Händedruck. Frieda überlegte kurz, ob es angemessen wäre, ihrem Begleiter das Du anzubieten, verwarf es aber augenblicklich wieder.

Sie fuhr fort: »Ich kenne sogar zwei richtige Kommissare! Die will ich gleich anrufen. Und stellen Sie sich vor: Morgen bin ich bei diesem Wittibert zum Kaffee eingeladen. Bei der Gelegenheit werde ich mich ein bisschen in seinem Haus umsehen.«

»Passen Sie gut auf sich auf, liebste Frieda!«, rief Hans Gruber besorgt aus.

Frieda lächelte geschmeichelt. »Meine Nichte Lena wird mich begleiten. So, und nun fange ich gleich an, Unterschriften zu sammeln!«

Friedas Eifer war geweckt. Sie war in ihrem Leben schon mit so vielen Dingen fertiggeworden – wäre doch gelacht, wenn sie nicht hätte verhindern können, dass in ihrer Nachbarschaft solche Mädchen ein und aus gingen!

5

Mit grimmigem Blick betrat Peter Bruchfeld das Büro und polterte los: »Das darf doch nicht wahr sein! Der Metzger hat keine Brötchen mehr.«

Bärbel verzog keine Miene.

Peter starrte sie an. Es machte ihn wahnsinnig, dass sie, seit er aus dem Urlaub zurück war, nur das Nötigste mit ihm redete. Peter hatte auf dem Rückflug nicht zu hoffen gewagt, dass Bärbel ihn abholen käme. Doch sie hatte in der Ankunftshalle gestanden. In dem Moment, als er sie sah, hatte Peter gewusst, alles würde gut werden, und es gab eine Chance für Bärbel und ihn. Und dann war ihm Melanie um den Hals gefallen.

Er hatte Bärbels Blick aufgefangen, hatte in ihren Augen gesehen, dass sich Träume und Wünsche innerhalb weniger Sekunden in nichts auflösen können.

Nun versuchte er, Bärbel klarzumachen, wie ahnungslos er gewesen war. Er hätte doch nie im Leben damit gerechnet, dass ihn ausgerechnet seine Exfrau abholen würde!

Seine Frau Melanie hatte ihn vor Ewigkeiten nach einer kurzen Ehe verlassen. Den Kontakt hatte sie vollständig abgebrochen und die Scheidung eingereicht. Lange hatte Peter darunter gelitten. Er war in dieser Zeit unausstehlich, sein ganzes Umfeld und seine Arbeitskollegen mussten seine Launen und seine cholerischen Ausbrüche ertragen. Bärbel hatte damals deutliche Worte für ihn gefunden, hatte aber immer zu ihm gehalten und ihn vor den Kollegen und dem Chef in Schutz genommen.

Zu Bärbel war eine enge Freundschaft gewachsen. Dass da mehr Gefühle im Spiel waren, hatten sich beide lange nicht eingestanden. Aus einem Impuls heraus hatte er Bärbel ein Mal geküsst, dann aber glaubte er, dass es ein Fehler gewesen war. Mit Kolleginnen fing man nichts an – das führte nur zu Komplikationen, so dachte er damals. Bärbel hatte ihm, als er sie nach dem Kuss abgewiesen hatte, natürlich ebenfalls die kalte Schulter gezeigt.

Erst in Kalifornien war ihm klargeworden, wie sehr er Bärbel liebte. Er hatte sie so sehr vermisst! Er begriff, dass es eine besondere Liebe war, eine, wie er sie noch nie erlebt hatte. Eine, die aus Freundschaft und Vertrauen gewachsen war und nichts mit dem leidenschaftlichen Verknalltsein gemeinsam hatte, wie er es mit seiner Exfrau erlebt hatte.

Und dann war ausgerechnet seine Ex am Flughafen aufgetaucht. Sie hatte wohl von einem gemeinsamen Freund erfahren, dass er aus dem Urlaub zurückkommen würde und sich überlegt, dass das der richtige Moment wäre, mit ihm wieder in Kontakt zu treten. Peter war so baff und überrascht gewesen, als Melanie ihm um den Hals fiel, dass er gar nicht hatte reagieren können.

Seitdem ärgerte er sich. Er hätte Melanie sofort von sich wegschieben und Bärbel in den Arm nehmen sollen. Er hätte Bärbel erklären müssen, dass er nichts mit Melanies Auftauchen zu tun hatte. Er hätte, hätte, hätte ... Peter trat unbeherrscht gegen das Tischbein.

6

Als ich bei Frieda ankam, blieb uns noch ausreichend Zeit, eine Waschmaschine zu füllen und den Einkaufszettel zu schreiben. Nach dem Kaffee bei Udo Wittibert wollten wir nämlich noch zusammen einkaufen gehen, und abends würde Frieda für mich noch ein Essen zaubern. Darauf freute ich mich schon den ganzen Tag. Frieda hatte schon die Angebotsblättchen der Woche auf dem blankgescheuerten Holztisch in der Küche bereitgelegt. Ich las ihr laut vor, was es diese Woche im Supermarkt gab.

»Vegane Wurst, vegane Frikadellen und veganer Braten.«

Frieda sah mich mit großen Augen an. »Kann es sein, dass diese Veganer unbedingt Fleisch essen wollen?«

Frieda hatte bei Lebensmitteln schon immer großen Wert auf Qualität gelegt. Meinem Bruder Sven und mir hatte sie von klein auf beigebracht, wie wichtig das war. Sie hatte uns als Kinder zu Bauernhöfen geschleppt und uns gezeigt, wie Tiere groß werden sollten. Von Massentierhaltung und Legebatterien hielt sie nichts. Es gab einmal in der Woche Fleisch bei Frieda, meistens sonntags. Dann briet sie einen leckeren Festtagsbraten. Und so würde es auch bleiben. Zum Glück für mich. Ich war nämlich eine ausgewiesene Fleischfresserin.

Bevor wir uns auf den Weg zum Haus gegenüber machten, zeigte mir Frieda voller Stolz ein paar Bogen Briefpapier, auf denen sie ordentlich mit dem Lineal Linien gezogen hatte. »Name«, »Anschrift«, »Unterschrift« stand da über den Spalten und als Überschrift: »Kein Bordell in der Hohen Tanne!«

»Was hast du denn vor?«, fragte ich erstaunt.

»Unterschriften sammeln«, antwortete Frieda, fast ein bisschen trotzig.

Ich atmete tief durch. »Und die Unterschriftenliste willst du deinem neuen Nachbarn jetzt als Willkommensgeschenk übergeben?«

»Ach was. Erst wenn alle Hohe Tänner unterschrieben haben!« Frieda legte die Listen bestens gelaunt auf den glänzend polierten Tisch in ihrer guten Stube.

Mit einem breiten Grinsen sagte ich: »Jetzt gehen wir erst mal rüber in dieses Etablissement und schauen, was wir da wirklich vorfinden!« Das Wort »Etablissement« betonte ich spöttisch.

Frieda nickte seufzend. Sie packte einen kleinen Blumentopf mit weißem Lavendel in Seidenpapier. Dann gingen wir los.

Udo Wittibert begrüßte uns überschwänglich und führte uns als Erstes durchs Haus. Überall glänzte Marmorboden, auf dem viele echte Perserteppiche lagen. Manche schimmerten so zart, dass auch ein ungeübtes Auge sofort die Seide erkannte, aus der sie gemacht waren. Und auch sonst erinnerte nichts mehr an die ehemaligen Besitzer. Einige Wände waren rausgenommen worden, wodurch das Haus viel größer und weitläufiger wirkte. Die ehemals schmale Tür in der Außenwand zur Terrasse hin war einer großen Fensterfront gewichen, die man komplett öffnen konnte. Bilder in verschnörkelten goldenen Rahmen, Kommoden auf geschwungenen Beinen, glänzende Möbel. Alles sah sehr klassisch und ungeheuer teuer aus.

Dann führte er uns in die Tiefgarage, und es verschlug mir die Sprache. Ich stand eine ganze Weile staunend da und bemerkte den geschmeichelten Blick von Wittibert, als er wahrnahm, wie beeindruckt ich war. Ich konnte nicht glauben, was dieser Mann für Autos in seiner Garage hatte!

»Ein Jaguar E-Type, wie Jerry Cotton! Und da, oh mein Gott! Ein Aston Martin DB 5, wie James Bond! Wow! Ich krieg mich nicht mehr ein. Ein 300 SL. Ein Gullwing, ein echter Gullwing!« Ich konnte nicht anders, ich sprang in der Garage umher wie in einem Spielzeugladen.

»Setzen Sie sich rein!«, forderte mich Wittibert großzügig auf. »Die Wagen sind alle offen.«

Irgendwie war mir dieser Wittibert plötzlich sehr sympathisch. Ein Mann, der solche Autos besaß und sie so hegte und pflegte, konnte nicht wirklich schlecht sein. Mein Blick fiel auf Frieda. Sie stand unbeweglich in der Tür und sah mich fassungslos an. Sie hatte keinerlei Verständnis für meine Begeisterung.

Später, beim Kaffee am schön gedeckten Tisch mit einer Torte vom besten Bäcker der Stadt, stand Wittibert plötzlich auf, holte aus einer kleinen Kommode einen Schlüssel und drückte ihn Frieda in die Hand.

»Liebe Frau Engel, falls mal was sein sollte. Vielleicht könnten Sie bei Gelegenheit so nett sein und Handwerker reinlassen. Oder wenn ich mich mal aus Versehen aussperre. Ist doch immer schön, wenn ein Nachbar einen Schlüssel hat. Sie können mir gerne auch Ihren Schlüssel anvertrauen.«

Frieda starrte den Schlüssel an, als brennte er in ihrer Hand. Auch wenn ein Schlüssel hilfreich sein mochte, wollte sie ausgerechnet zu diesem Haus bestimmt keinen Zugang haben.

7

Peter hatte, wie so oft, wenn der unbeliebte Chef Geppert nicht im Haus war, mal schnell eine Besorgung gemacht. Als er ins Büro zurückkam, stellte Bärbel eine gefüllte Kaffeetasse vor ihn hin und hockte sich auf die Tischkante.

»Was meinst du, wer eben hier angerufen hat?« Auf Peters fragenden Blick hin redete sie weiter: »Unsere kleine Frieda Engel aus der Hohen Tanne.«

Sofort horchte er auf. Bei der alten Frau musste man mit allem rechnen. Schon zwei Mal hatte sie dazu beigetragen, dass Kriminalfälle in der Hohen Tanne aufgeklärt worden waren, wobei sich die alte Dame einmal selbst in große Gefahr gebracht hatte.

»Ist was passiert?«, fragte Peter.

Bärbel schüttelte den Kopf. »Nichts, wobei wir ihr helfen könnten. Sie hat einen neuen Nachbarn, der auffällig oft Besuch von leichten Mädchen hat – so wie sich Frau Engel ausgedrückt hat.«

Peter zuckte mit den Schultern. »Ist ja nicht verboten, sich Nutten ins Haus zu bestellen.«

Bärbel seufzte. »Ja, so ähnlich habe ich ihr das auch gesagt. Sie ist ziemlich aufgeregt. Sie hofft, wir könnten das überprüfen.«

Peter trank den heißen Kaffee und brummte: »Nicht unser Ressort.«

Bärbel strich sich eine Locke aus der Stirn. »Eigentlich wollte ich gerade die Kollegen von der Sitte anrufen. Schauen könnten die doch mal, oder? Ja, ich weiß, es ist albern, aber Frau Engel hat schon öfter den richtigen Riecher gehabt. Vielleicht ist an der Sache was dran.«

Peter nickte zustimmend, »Weißt du, wie der Nachbar heißt? Ich check ihn mal im Computer, ob irgendwas vorliegt.«

Bärbel rief die Kollegen von der Sitte an. Nachdem sie den Fall kurz geschildert hatte, wusste sie, dass Frieda Engel bereits selbst bei der Sitte vorgesprochen hatte und auch bei der Stadtpolizei. Normalerweise hatten die beiden Behörden nichts miteinander zu tun, aber in diesem Fall schien die Kommunikation mal ausnahmsweise funktioniert zu haben.

Da der Mann, Udo Wittibert, ein erfolgreicher Unternehmer war, wurde erst gar nicht überprüft, ob er tatsächlich ein Bordell betrieb, wie Frieda behauptet hatte.

»Die Kollegen von der Sitte meinten, das sei völlig abwegig. Herr Wittibert sei über jeden Verdacht erhaben. Was ist nur mit der alten Dame los?«

Peter zuckte mit den Schultern. »Meine Güte, Bärbel,

überleg mal, wie alt die jetzt ist. Die wird eben senil.
Mein Opa hat in dem Alter auch unter Verfolgungs-
wahn gelitten.«

Bärbel schüttelte nachdenklich den Kopf. »Bei Frieda
Engel kann ich mir das nicht vorstellen.«

Bärbel ahnte da noch nicht, dass sie schon bald an die
Grenzen dessen stoßen würde, was sie sich bei Frieda
Engel vorstellen musste.

8

Natürlich sprach ich Wittibert beim Kaffeetrinken direkt auf seine Damenbesuche an. Frieda war das ober-
peinlich. Sie starrte auf den Kuchen vor sich und rührte
sich nicht.

Herr Wittibert tupfte mit langsamen Bewegungen seinen Mund mit der edlen Damastserviette ab und antwortete ernst: »Nun, mir war nicht klar, dass mein Hobby so
aufmerksam beobachtet wird.«

Ich grinste ihn breit an. »Hier bleibt nichts verbor-
gen!«

Frieda bekam tatsächlich rote Wangen, und ihr Kopf
sank noch ein bisschen tiefer.

Wittibert blickte verstimmt und sagte in deutlich ver-
ärgertem Ton: »Ich bin Hobbyfotograf. Die Mädchen,
die hier herkommen, sind Fotomodelle, Frau Nachbarin.«

Frieda hob den Kopf. »Es tut mir leid, Herr Wittibert. Damit kann ich nichts anfangen, und ich will es auch nicht. Ich habe meinen moralischen Standpunkt, und den werde ich wegen Ihnen nicht ändern. Ich möchte solche halbnackten Mädchen in Leder und Latex nicht jeden Tag vor meiner Nase haben.« Mit diesen Worten stand Frieda auf und schob noch bissig hinterher: »Danke für den Kaffee.«

Puh, damit hatte ich nicht gerechnet. Meine liebe kleine Tante! Sie war in so vielem herrlich unkonventionell, aber dann gab es Dinge, da war sie unglaublich moralinsauer.

Ich wartete, bis Frieda die Haustür hinter sich zugeschmissen hatte, dann sagte ich zu Herrn Wittibert:

»Nehmen Sie es meiner Tante bitte nicht übel. Sie ist in Ordnung. Es gibt nicht viel, worüber man mit ihr nicht reden kann, aber ich glaube, Ihre Fotomodelle gehören leider dazu.«

Herr Wittibert nickte einigermaßen versöhnlich. »Hätte ich mir denken können.«

Ich überlegte verzweifelt, wie ich die Missstimmung vertreiben könnte. Schließlich war ich mit der Hoffnung hierhergekommen, dass dieser Mann einen Auftrag für mich haben könnte. Wie ein Bordellbesitzer sah er nun wirklich nicht aus. Munter plapperte ich weiter:

»Meine Tante ist eigentlich nur bei Tätowierungen so stur. Mein Bruder und ich mussten ihr sogar versprechen, dass wir uns nie tätowieren lassen. Sven hat es trotzdem getan. Oje, Friedas Blick hätten Sie mal sehen sollen! Chinesische Schriftzeichen findet sie besonders

›greiselig‹, wie sie sagt. Frieda kommt nämlich aus Bayreuth, wissen Sie. Sie sagt immer, die Leute hätten ja
keine Ahnung, was sie sich da in die Haut ritzen ließen.
Dazu gibt sie eine Geschichte aus ihrer Jugend zum Besten: Es gab damals einen schwarzen Tee aus China, den
fanden alle köstlich – wahrscheinlich in Ermangelung
anderer Teesorten. Bis einmal ein Missionar aus dem
Land der aufgehenden Sonne zu Besuch kam und vorlas,
was auf der Packung stand: ›Dreimal gebrüht und wieder
getrocknet für die deutschen Hunde‹. Hahaha! Frieda
meint, so was würden sich die Leute tätowieren lassen,
ohne eine Ahnung zu haben, was da wirklich stehen
würde.«

Herr Wittibert lächelte gequält, sah auf die Uhr und
stand auf. Er wollte mich eindeutig zur Tür bringen. Tja,
das war es dann wohl mit einem Auftrag.

9

Frieda war schon dabei, unser Abendessen vorzuberei-
ten, als ich von Wittibert zurückkam. In ihrer blitzsau-
beren und aufgeräumten Küche hantierte sie mit einem
scharfen Küchenmesser. Mit einem verächtlichen
Schnauben sagte sie:

»Das war schon richtig, dass ich heute Mittag die Kriminalpolizei unterrichtet habe.«

»Wie bitte? Du hast was? Du hast Peter Bruchfeld angerufen?« Ich riss die Augen auf. Den Kriminalhauptkommissar Bruchfeld kannte ich schon länger. Er war der beste Freund meiner großen unerfüllten Liebe Andreas aus der Parallelstraße.

Ich starrte Frieda an und wartete auf eine Antwort, die ich jedoch nicht bekam. »Frieda, du kannst doch nicht die Kriminalpolizei wegen deines Nachbarn anrufen! Was ist denn in dich gefahren? Soweit ich weiß, ist Peter bei der Mordkommission. Was hast du denen denn gesagt? Dass dir der Besuch nicht passt, den dein Nachbar bekommt? Ich glaube, du spinnst!« Ich sprach in einem scharfen Ton, den Frieda von mir nicht kannte. Sie schob die Kartoffeln beiseite und sah mich verunsichert an.

»Lena, du weißt, wie ich zu diesen Dingen stehe. Nenn mich prüde, aber ich bin gewiss nicht auf den Kopf gefallen oder altmodisch. Warum sollten sich Frauen freiwillig verkaufen oder sich als sexuelle Objekte für die Befriedigung von solchen alten Männern zur Verfügung stellen? Das tun sie doch immer aus einer Notsituation heraus.«

Frieda redete sich in Rage. Ich ließ mich auf einen Küchenstuhl plumpsen und wollte gerade etwas einwerfen, als Frieda weiterzeterte.

»Ich weiß auch, dass Pornodarstellerinnen mittlerweile salonfähig sind und sogar in Talkshows im Fernsehen ihren Mund aufmachen dürfen.« Nun zischte ich dazwischen: »Komm mal wieder runter! Wenn sich irgendwelche Mädchen von deinem Nachbarn fotografieren lassen, dann tun sie das aus freien Stücken, weil sie Spaß dran haben. Wo bleibt denn bitte deine Toleranz?

Und wie konntest du Wittibert vorhin beim Kaffeetrinken dermaßen vor den Kopf stoßen? So kenne ich dich
überhaupt nicht. Dein Verhalten war richtig peinlich!«
Mein Ton war streitlustiger ausgefallen als gewollt.
Frieda legte demonstrativ die Kartoffeln in die braune
Papiertüte zurück. Das Messer und das Schneidebrett-
chen verschwanden in der Schublade und die Zitrone im
Kühlschrank. Frieda sagte ganz gefasst und freundlich
bestimmt, so wie eine Mutter zu ihrem Kind, das sich gerade in der Trotzphase befand:

»So, mein Liebes. Ich muss jetzt Unterschriften sammeln. Du hast sicher auch noch etwas zu arbeiten.
Danke, dass du hergekommen bist und mich begleitet
hast. Ich komme jetzt alleine zurecht.«

So sauer hatte ich Frieda noch nie erlebt.

10

Während Peter den Stapel auf seinem Schreibtisch abar-
beitete, verlor sich Bärbel in ihren Gedanken. Sie starrte
gebannt auf den Bildschirm, und ihre Hände ruhten auf
der Tastatur. Jeder, der sie so sah, hätte vermutet, dass
sie hochkonzentriert einen Bericht las.

Bei Melanies Auftauchen hatte sich Bärbels Herz wie
ein zartes, dünnes Seidentuch angefühlt, das von einem
harten, kratzigen Sisalseil eingeschnürt wurde. Sie hatte
sich sofort umgedreht und war gegangen. Auf der einsa-

men Heimfahrt hatte sie nur eine einzige Frage beschäftigt: Wieso hatte Peter ihr nicht gesagt, dass er sich mit seiner Exfrau ausgesöhnt hatte?

Am Tag danach war sie wie üblich zum Dienst gegangen. Seitdem sprach sie mit Peter nur noch über Dinge, die die Arbeit betrafen. Ihr Vertrauen zu ihm war zerstört. Ihre Gefühle für ihn bestanden nur noch aus einem hässlichen Scherbenhaufen. Er hatte ihr verschwiegen, dass wieder was mit seiner Exfrau lief! Dieser Umstand und das ganze Hin und her vor Peters Urlaub ließen für Bärbel nur einen Schluss zu: Das mit Peter hatte einfach keinen Sinn.

Sie versuchte, die Gedanken an Peter beiseitezuschieben. Lieber wollte sie darüber nachdenken, wie sie ihre Karriere in Gang kriegte. Dazu müsste sie die Dienststelle wechseln, um Erfahrungen in anderen Bereichen vorweisen zu können. Es war gerade eine neue Arbeitsgruppe gegründet worden, um Verbrechen der organisierten Kriminalität mit Verbindungen nach Osteuropa aufzuklären. Die Kehrseite der EU. Nicht nur der Verkehr von Waren und Dienstleistungen profitierte von den offenen Grenzen, auch Verbrechen und Menschenhandel hatten Hochkonjunktur. Für diese Gruppe würde sie sich bewerben. Dann müsste sie zumindest nicht mehr mit Peter zusammenarbeiten. Peter. Schon war er wieder in ihrem Kopf.

11

Frieda hatte tatsächlich versucht, Unterschriften zu sammeln. Die Älteren im Viertel waren zunächst genauso entrüstet gewesen wie sie, aber wohl eher aus Höflichkeit. Die jungen Leute hatten sie zwar ausreden lassen, aber unterschrieben hatte niemand von ihnen. Vier Unterschriften konnte sie vorweisen – und das auch nur, weil ein paar Leute ihr einen Gefallen tun wollten. Das mit dem Bordell glaubte ihr keiner.

»Ein Bordell? Hier? Ach, Frau Engel, des mag ich ja gar net glauben!«, hatten die Nachbarn gesagt, oder: »Ich habe den Herrn Wittibert auch schon kennengelernt. Das ist doch so ein netter Mann!«, oder: »Ach, Frau Engel, der hat doch kein Bordell! Wie kommen Sie denn darauf?« Ihre Bekanntschaften vom Gassigehen wechselten schon die Straßenseite, wenn sie mit Amsel unterwegs war, damit sie ihr nicht begegnen mussten.

Frieda räumte die Anrichte im Wohnzimmer aus, spülte und polierte jedes einzelne Kristallglas und stellte die Gläser zurück. Das tat sie immer, wenn sie nicht weiterwusste. Wenn man sich verrannt hat, muss man das zugeben, sagte sich Frieda. Aber es gelang ihr nicht. Diese Mädchen – die konnten das doch unmöglich freiwillig machen! Andererseits: Zu einem Bordell gehörten Freier, wie die Frau vorne an der Ecke ganz richtig bemerkt hatte. Und andere Männer waren noch nie bei Wittibert aufgetaucht.

Frieda seufzte. Der Streit mit Lena tat ihr mittlerweile

aufrichtig leid. »Wie blöd ich mich verhalten habe!«, schimpfte sie laut mit sich selbst. »Das arme Kind ohne Abendbrot aus dem Haus zu schicken.« Sie schüttelte den Kopf. Vielleicht bin ich wirklich altmodisch, dachte sie bekümmert. Dann erschrak sie. Womöglich bin ich schon altersstarrsinnig, oder das sind die ersten Anzeichen einer Demenz! Erneut seufzte sie.

Wittibert ließ die Mädchen jedenfalls inzwischen direkt in seine Tiefgarage fahren. So bekam Frieda keines von ihnen mehr zu Gesicht. Lena hatte gesagt, es wäre Wittiberts Hobby, Fetisch-Modelle zu fotografieren. Aber mussten die ihre Latex- und Lederteile schon anhaben, wenn sie bei ihm ankamen? Frieda schüttelte verständnislos den Kopf.

Sie wischte mit ihrem alten Fensterleder und etwas Brennspiritus die Glasscheiben in den Türen der Anrichte. Dann brachte sie mit etwas Möbelpolitur das feine Wurzelholz auf Hochglanz. Sie hatte einen Entschluss gefasst: Als Erstes würde sie Lena anrufen und sich bei ihr entschuldigen. Und sie natürlich einladen und ihr was Feines kochen! Danach würde sie zu Wittibert gehen. Bei ihm musste sie sich ebenfalls entschuldigen, auch wenn sie nicht gutließ, was er tat. Es ging sie schließlich überhaupt nichts an. Das musste sie ihm unbedingt sagen. Er dachte am Ende noch, sie wäre eine neugierige alte Schachtel. Das war sie nicht und wollte sie auch nicht sein.

In diesem Moment klingelte das Telefon. Die Verbindung war sehr schlecht, Frieda verstand nur »Wittibert ... sofort rüberkommen ... Schlüssel benutzen ... Notfall.«

Sie musste nicht lange überlegen. Den Schlüssel hatte sie sorgfältig in der Konsole im Flur verstaut. Eilig schlüpfte sie in ihre Straßenschuhe. Amsel sprang schwanzwedelnd auf, weil sie dies als Signal zum Gassigehen verstand. Frieda befahl ihrem Hund, wieder Platz zu machen, und eilte über die Straße. Was mochte nur passiert sein?

Frieda klingelte an der Haustür gegenüber. Niemand öffnete. Sie hatte das doch richtig verstanden, oder? Es hatte in der Leitung so geknackt, und Wittiberts Stimme war dumpf gewesen. Sie atmete tief ein. Wohl war ihr nicht dabei, aber sie steckte den Schlüssel ins Schloss und sperrte auf. Die Haustür ließ sie weit offen stehen.

»Hallo?«, rief Frieda und ging ein paar Schritte ins Haus hinein. »Hallo?« Sie lauschte. Absolute Stille. »Herr Wittibert? Wo sind Sie denn? Brauchen Sie Hilfe?«

Frieda tippelte vorsichtig in das große Wohnzimmer und erstarrte. Da lag ein Mädchen auf dem eleganten Sofa. Blutüberströmt. Frieda schrie auf und eilte zu dem Mädchen. Es lag auf der Seite, den Kopf verdreht, so dass das Gesicht fast auf der Sitzfläche ruhte. Frieda umfasste vorsichtig den blutigen Kopf mit beiden Händen und drehte das Gesicht der Fremden zu sich.

»Hören Sie mich? Hallo? Leben Sie noch?«, fragte Frieda mit zittriger Stimme. Da sah sie den schweren Kerzenständer auf dem Sofa liegen. Damit musste das Mädchen erschlagen worden sein. Frieda folgte einem Impuls und griff nach dem Kerzenständer. Sie hielt ihn fest umklammert. In ihrem Kopf wirbelten die Gedanken durcheinander. Das ist die Tatwaffe! Ich muss die Tatwaffe sichern. Einen Arzt muss ich rufen. Und die Polizei! Schnell! Frieda wollte Hilfe holen, aber sie stand so unter Schock, dass sie sich einen Moment lang weder bewegen noch schreien konnte.

Plötzlich rief von draußen eine tiefe Stimme: »Hallo? Polizei! Wir kommen jetzt rein!«

Frieda war erleichtert. Gott sei Dank! Sie streckte den hereinkommenden Polizisten den blutigen Kerzenständer entgegen. Sie wollte rufen: »Endlich! Hilfe! Holen Sie einen Arzt!« Aber aus ihrem geöffneten Mund kam kein Laut.

Eine Sekunde später lag sie, von dem Beamten flach auf den Boden gedrückt, hilflos da. Grob wurden ihre Arme nach hinten gezerrt und ihr Handschellen angelegt.

12

Im Büro bei Peter und Bärbel klingelte das Telefon. Sie sahen sich an und seufzten. In einer knappen Viertelstunde würden ihre Kollegen, Katrin und Steffen, für die Nachtschicht kommen. Nach einer kurzen Übergabe hätten Peter und Bärbel dann Feierabend.

Peter griff zum Hörer, hielt ihn sich ans Ohr und sah Bärbel an, seine Augen wurden immer größer. Er nickte und fragte ungläubig: »Wo? Die Alte? Sicher? Was ...?«

Mit dem erhobenen Zeigefinger seiner freien Hand

malte er Kreise in die Luft. Bärbel wusste, was das bedeutete:

Blaulicht. Notfall. Sie schnappte sich ihre Jacke und
stürzte mit Peter zusammen aus der Tür.

»Das glaubst du nicht!«, japste Peter kopfschüttelnd,
während sie, zwei Stufen auf einmal nehmend, die Treppe hinabhetzten. Er legte einen Spurt zum Parkplatz
hin, bei dem ihm sogar die sportliche Bärbel nur mit
Mühe folgen konnte.

In dem dunkelblauen BMW aus dem Polizei-Fuhrpark
gab Peter Vollgas und fuhr mit quietschenden Reifen in
den kleinen Kreisel am Freiheitsplatz. »Ich kann nicht
glauben, was ich gerade gehört habe! So wie es aussieht,
hat eine alte Frau ein Mädchen erschlagen. Und du
glaubst nicht, wer die Tatverdächtige ist!« Peter machte
eine Kunstpause. Auf Bärbels fragenden Blick hin sagte
er: »Frieda Engel.«

Bärbel winkte ab. »Das glaubst du doch selbst nicht!«

Sie kamen zeitgleich mit dem Notarzt an. Friedas Gesicht hellte sich auf, als sie die beiden Kommissare erblickte.

Knapp berichteten die Streifenbeamten, dass sie Frieda
Engel über die Leiche gebeugt vorgefunden hatten. Sie
übergaben den Kommissaren die mutmaßliche Tatwaffe
in einer Plastiktüte.

Peter sah Frieda ernst an. »Dann müssen wir Sie mitnehmen, Frau Engel.«

Erst jetzt schien Frieda klarzuwerden, dass sie tatsächlich verdächtigt wurde. »Nein! Sie kennen mich doch!

Was denken Sie? Ich habe doch dem Mädchen nichts getan!«

Bärbel nickte besänftigend. »Das werden wir alles aufklären, aber jetzt müssen wir Sie bitten mitzukommen.«

Sie half Frieda zwar beim Aufstehen, aber sie machte keine Anstalten, die Handschellen zu lösen.

13

Ich schrieb gerade Mails an sämtliche Werbeagenturen, die noch in Frankfurt waren, und bot meine freie Mitarbeit als Graphikdesignerin an, als mein Handy klingelte. Das war bestimmt die erste Agentur, die zurückrief und mich unbedingt beauftragen wollte!

Auf dem Display stand Andreas' Name. Mein Herz bekam augenblicklich einen Schluckauf. Blitzartig sah ich alles vor mir: Wie ich ihn kennengelernt und mich unsterblich in ihn verknallt hatte. Wie er plötzlich und unerwartet geheiratet und wie mies ich mich dabei gefühlt hatte. Wie ich wieder voller Hoffnung gewesen war, als seine Frau auf Nimmerwiedersehen verschwand. Wie ich versucht hatte, sein Vertrauen zu gewinnen, indem ich für ihn da war. Wie ich ihn seit Ewigkeiten überzeugen wollte, dass ich – und nur ich – die richtige Frau für ihn war. Okay, ich war hoffnungslos naiv, auch mit meinen fast achtunddreißig Jahren. Aber war man nicht immer naiv, wenn man liebte?

Nun hatte das Handy schon drei Mal geklingelt. Beim vierten Mal ging ich ran und versuchte, ein erotisches »Hallo« zu hauchen. Schließlich wollte ich Andreas nach wie vor mit jeder Faser meines Körpers.

»Ähm, Lena – hier ist Andreas.« Er räusperte sich, und seine Stimme klang irgendwie belegt. »Peter hat mich angerufen. Erinnerst du dich an ihn?«

Was fragte er so blöd? Natürlich erinnerte ich mich. Peter war damals, vor Andreas' kurzer Ehe, fast immer nach Feierabend bei ihm gewesen, während ich die Zeit viel lieber mit Andreas alleine verbracht hätte. Ich hatte diesen Kriminalhauptkommissar in Gedanken den ›depressiven Bullen‹ getauft. Obwohl Andreas immer wieder beteuert hatte, dass Peter in Ordnung und nur wegen seiner Scheidung in einer schwierigen Phase sei. Außerdem hatte doch erst neulich Frieda diesen Kriminalhauptkommissar wegen ihres Nachbarn angerufen.

»Ja klar, wieso?«, fragte ich nun ungeduldig.

»Er wollte deine Nummer. Ich habe sie ihm gegeben, und ich soll dir ausrichten, dass du mit deinem Schlüssel zur Wohnung deiner Tante kommen musst.«

Jetzt wurde ich von einer Sekunde auf die andere fast hysterisch. Meiner Tante Frieda war etwas passiert! Schlaganfall? Überfall? Herzinfarkt? Mir schnürte es die Kehle zu. Ich schrie ins Telefon: »Was ist passiert?« Dann fing ich an, vor lauter Aufregung zu hyperventilieren.

»Nichts, nichts! Sorry, ich wollte dich nicht beunruhigen. Ich soll dir nur sagen, du musst zu ihrer Wohnung. Mehr hat Peter mir nicht gesagt.«

Ich war bei seinen Worten schon zur Wohnungstür

gerannt, schnappte meinen Schlüsselbund und suchte
nach den Schuhen. Im Vorbeigehen trat ich verzweifelt
gegen die Wand im Flur. Was war mit Frieda?

14

Die Ermittlungen liefen auf Hochtouren. Die KTU-Mit-
arbeiter wuselten in ihren weißen Anzügen und mit den
blauen Überziehern an den Füßen in dem gediegenen
Wohnzimmer von Herrn Wittibert herum, fotografier-
ten alles und suchten am Tatort nach Spuren.

Peter hatte Katrin angerufen, die stellvertretend die
Ermittlungen leitete, wenn der Chef Geppert nicht im
Haus war. Katrin und Steffen waren bereits zur Nachtschicht in der Dienststelle angetreten und würden das
Verhör von Frieda Engel übernehmen, während Peter
und Bärbel die Nachbarn in der Hohen Tanne befragen
sollten. Jetzt galt es, Zeugen zu finden, bevor diese vergaßen, was sie gesehen oder gehört hatten.

Frieda wurde von Bärbel und Peter zum Streifenwagen
begleitet. Sie war leichenblass und stotterte, dass ihr Dackel Amsel alleine sei und Lena kommen solle. Peter
nickte verständnisvoll, zückte sein Handy und sah Frieda
abwartend an. Sie nannte eine Nummer, verhaspelte sich
aber ständig, und am Ende stellte sich heraus, dass die
Nummer falsch gewesen war. Sie war so durcheinander,
dass sie Lenas Telefonnummer nicht mehr wusste. Peter

beruhigte sie und sagte, er würde sich um Lena und den Dackel kümmern, dann nickte er dem Fahrer zu, damit dieser zum Revier losfuhr.

Bärbel und Peter standen auf der Straße und sahen dem Streifenwagen nach. Beide hatten ein beklommenes Gefühl. War es wirklich so, wie es aussah? Konnte das sein?

Peter schaute auf die Uhr. Er rief seinen Kumpel Andreas an und beauftragte ihn der Einfachheit halber direkt damit, Lena zu kontaktieren. Schließlich waren die beiden befreundet. Ohne ein Wort zu verlieren, steuerten Bärbel und Peter als Nächstes das Nachbarhaus rechts von Wittibert an. Sie waren ein so perfekt eingespieltes Team, dass sie nicht mal mehr darüber reden mussten, welche Richtung sie einschlugen.

Bei der Befragung der Nachbarn brachten sie jedoch nichts Wesentliches in Erfahrung, außer dass Frieda Engel sich über Herrn Wittibert und seine Damenbesuche empört hatte.

In Zusammenhang mit dem Mord hatte niemand etwas gesehen oder gehört.

15

Als ich in Friedas Straße einbog und die vielen Polizeiwagen sah, fing mein Herz so an zu rasen, dass es in meinem Schädel vibrierte. Ich parkte nicht ordentlich am

Straßenrand – dazu war ich gar nicht mehr in der Lage –, sondern ließ das Auto mitten auf der Straße stehen und stürzte hinaus.

Frieda war nirgendwo zu sehen. Wo sollte ich hin? Zu ihr oder zu Wittibert, dessen Haustür offen stand und wo die Beamten ein und aus liefen? Niemand beachtete mich. Am liebsten hätte ich geschrien, einfach nur geschrien. Ich rannte zu Friedas Haustür, klingelte bei ihr Sturm und versuchte gleichzeitig, den richtigen Schlüssel zu finden. Ich war so aufgeregt, dass mir der Schlüsselbund runterfiel. Es musste etwas Furchtbares passiert sein. Frieda machte nicht auf, und drüben rannte die Polizei herum.

Wahrscheinlich betrieb dieser Wittibert doch ein Bordell, und es war zu einem Massenmord gekommen. So wie damals im Frankfurter Kettenhofweg, als vier Prostituierte und das Betreiber-Ehepaar in einem Edelpuff ermordet worden waren. Ich erinnerte mich noch gut daran, ich war damals in der zehnten oder elften Klasse, und es war *das* Thema in der Schule gewesen. Aber was hatte Frieda damit zu tun?

Hinter mir hörte ich plötzlich die Stimme des depressiven Bullen, und ich drehte mich abrupt um. Dabei ließ ich vor Schreck den gerade aufgehobenen Schlüsselbund wieder fallen. Die nette Kollegin von Peter war auch da. Sie war mit einem Satz bei mir und hob die Schlüssel auf.

»Können wir reingehen?«, fragte sie.

Ich wollte fragen, wo Frieda steckte. Aber in Gegenwart der Kriminalpolizei verschlug es mir die Sprache. Obwohl ich Peter von den vielen Feierabendbieren bei

Andreas eigentlich gut kannte, brachte ich es nicht fertig, ihn nach meiner Tante zu fragen, weil ich so eine Riesenangst vor der Antwort hatte. Ich wollte nicht hören, dass Frieda Opfer eines Mordes geworden war. Eines Mordes, der mit dem Haus gegenüber zusammenhing, dessen Geheimnis Frieda enthüllt hatte. So wie Frieda immer die Wahrheit herausfand. Nur war sie diesmal zu unvorsichtig gewesen und hatte ihren Gegner unterschätzt.

Bärbel König sperrte die Haustür auf, schob mich ins Haus, und Peter schloss die Tür hinter uns.

16

Es war schon dunkel, als Bärbel und Peter zur Dienststelle zurückkamen. Sie setzten sich gleich mit Katrin und Steffen zusammen. Der blonde Steffen wurde immer noch »der Neue« genannt, obwohl er schon so lange dabei war. Katrin war von allen aus der Dienstgruppe am längsten da.

Katrin hatte frischen Kaffee und Tassen auf den Tisch in dem kahlen, grell erleuchteten Besprechungszimmer gestellt. Wie immer, wenn der Chef nicht im Haus war, setzte sie sich ganz selbstverständlich ans Kopfende.

»Sieht schlecht aus für unsere alte Dame«, eröffnete sie die Besprechung. »Bei der Vernehmung war nichts aus ihr rauszubekommen. Sie beteuert ihre Unschuld.«

Steffen nickte aufgeregt. Normalerweise hielt er sich

zurück, aber diesmal wirkte er aufgewühlt. »Zuerst war es, als würde sie unter Schock stehen. Sie stammelte nur: ›Das Mädchen war tot.‹ Ich habe einen Arzt verständigt, weil ich fürchtete, dass sie kollabiert oder so was – in dem Alter. Dann ist sie richtig wütend geworden und hat uns beschimpft. Ich habe ihr mehrfach angeboten, einen Anwalt für sie zu besorgen, was sie strikt abgelehnt hat. Irgendwann verschränkte sie die Arme, meinte, sie würde überhaupt nichts mehr sagen, und presste die Lippen aufeinander. Wenn ihr mich fragt, die Frau war völlig überfordert oder verwirrt, oder beides.«

»Da alle Indizien gegen sie sprechen und es um Mord geht, musste unser Vernehmungsprotokoll dem Staatsanwalt vorgelegt werden«, erläuterte Katrin. »Die Entscheidung des Haftrichters war abzusehen: Frau Engel muss wegen der besonderen Schwere der Tat in Untersuchungshaft. Eine ärztliche Haftfähigkeitsprüfung wurde zwar aufgrund ihres Alters angeordnet, aber so fit, wie sie offenbar ist, wird sie wohl als haftfähig eingestuft werden.«

Alle blickten betroffen in die Runde. Es ging ihnen nahe, dass ausgerechnet die eigenwillige Frieda Engel, die sie in ihre Herzen geschlossen hatten, die Tatverdächtige sein sollte.

Katrin wandte sich an Bärbel und Peter: »Konntet ihr vor Ort irgendwas in Erfahrung bringen, was Frieda Engel entlasten würde? Irgendwelche Zeugenaussagen? Spuren, die darauf hindeuten, dass jemand anderes der Täter ist? Irgendwas?«

Peter und Bärbel sahen sich an und schüttelten resigniert den Kopf. Bärbel berichtete leise: »Nichts, außer dass Frau Engel Unterschriften gegen ein Bordell sammelte, das der Besitzer des Hauses betrieben haben soll, in dem die Tat verübt wurde. Sie ist damit wohl vielen auf die Nerven gegangen. Zeugen gibt es keine. Niemand hat etwas gehört oder gesehen.«

»Der Bericht aus der Rechtsmedizin ist noch nicht da«, sagte Katrin, »aber wir können wohl davon ausgehen, dass der Kerzenständer tatsächlich die Tatwaffe ist. Und darauf sind ausschließlich die Fingerabdrücke von Frieda Engel.«

Nach einem kurzen, betretenen Schweigen gab Peter zu bedenken: »Die Frage ist doch, ob die kleine Frau körperlich überhaupt in der Lage wäre, so eine Tat zu begehen. Der Schlag muss ja mit einer ungeheuren Wucht ausgeführt worden sein.«

Steffen warf lässig ein paar Fotos in die Mitte des Tisches. »Das Opfer«, erklärte er. »Malgorzata Mazur, 21 Jahre alt, Polin, studierte Informatik in Frankfurt und verdiente sich ihr Geld als Model. Diese Fotos habe ich im Internet entdeckt.«

Peter sah sich die Bilder an. »Auf was für einer Seite?«

Steffens Gesicht nahm einen stolzen Ausdruck an. Er war im Recherchieren einfach der Beste. Dass ihm darin keiner den Rang ablaufen konnte, hatte sein Selbstwertgefühl enorm gesteigert. Es machte ihm Freude, vor den Kollegen mit seinen Erfolgen aufzutrumpfen. »Es gibt ein Portal, da bieten sich Modelle an und können direkt gebucht werden.«

Katrin zog die Brauen zusammen. »Gebucht? Wofür?«

Verlegen zupfte Steffen an seinem Ohrläppchen. »Alles Mögliche. Die Models schreiben die angebotenen Leistungen dazu, zum Beispiel, dass sie nur Fotoaufnahmen machen. Bei manchen ist auch von SM die Rede, einem Dreier, und, und, und ... Da stehen auch Ausdrücke, die ich noch nie gehört habe.«

»Und was stand beim Opfer?«, fragte Bärbel.

»Sie annoncierte unter dem Namen M. M. als Fetisch-Model und nur für Fotoaufnahmen.«

Peter legte die Fotos auf den Tisch zurück. Zu sehen war ein blutjunges, zartes, blondes Wesen, das sich mal in Lederschnüre eingewickelt rekelte und mal in verschiedenen Latexdessous poste. Peter wurde ungehalten. Ihm gefiel das alles nicht.

»Das beantwortet nicht meine Frage!«, blaffte er. Die anderen zuckten zusammen und sahen ihn verständnislos an. »Noch mal: Wäre die Alte überhaupt in der Lage, einen tödlichen Schlag mit dem Kerzenständer auszuführen?« Seine Augen wanderten zu Bärbel. Er nahm ihren vorwurfsvollen Blick wahr und wurde augenblicklich wieder ruhig.

Steffen blickte schuldbewusst, weil Peter so geblafft hatte. Er räusperte sich und erklärte: »Deshalb habe ich die Fotos ja ausgedruckt. Der Bericht liegt uns noch nicht vor, aber wie ihr seht, wiegt das Opfer sicher keine 50 Kilo, und ich glaube, sie ist sogar kleiner als Frau Engel.«

Peter fuhr sich nachdenklich mit der Hand übers Kinn. Bärbel nickte ihm zu. »Kann hinkommen. Wir haben das Opfer gesehen. Sie erschien mir auch extrem

44

klein und zierlich. Was denkst du?«, wandte sie sich an Katrin.

Katrin zuckte mit den Schultern. »Glaubt ihr wirklich, Frau Engel wäre zu so einer Tat fähig? Ich habe sämtliche verfügbaren Kriminaltechniker und Experten der Spurensicherung hinzugezogen. Da aber erstmal alles gegen sie spricht und sie sich mit einem Schlüssel Zutritt zu dem Haus verschafft hat, müssen wir davon ausgehen, dass sie die Täterin ist. So sieht es aus.«

17

Frieda im Knast! Ich konnte es nicht fassen. Nach dem Gespräch mit den Kommissaren war ich sofort zum Gefängnis nach Frankfurt-Preungesheim gefahren, um Frieda ein paar persönliche Sachen vorbeizubringen. Zu ihr durfte ich allerdings nicht, weil ich keinen Besuchsschein hatte. Man hatte mir aber versprochen, den Kulturbeutel, die frische Wäsche und die dicke Strickjacke zu ihr zu bringen. Verzweifelt fuhr ich zurück in die Hohe Tanne, um den Hund nicht alleine zu lassen. Im Haus füllte ich Amsels Fressnapf. Sie tippelte auf ihren krummen Beinchen eilig herbei, schnupperte, sah mich vorwurfsvoll an und lief wieder zurück an ihren Platz.

»Hrmpf. Amsel! Was ist denn los? Das ist dein übliches Futter!« Ich sah mir die Packung an. Amsel verfolgte aufmerksam jede meiner Bewegungen. Seufzend öffnete ich die »Hunde-Schublade«, holte eine kleine Aluschale heraus und las laut vor: »Putengeschnetzeltes in heller Sauce.«

Sofort sprang Amsel auf. Aha. Mochte sie wohl lieber als das Trockenfutter. Ich schüttete den Inhalt der Dose einfach auf das Trockenfutter drauf und erntete erneut einen vorwurfsvollen Blick vom Hund. Immerhin machte Amsel sich nun über den Napf her und fraß alles auf – bis auf das Trockenfutter. Das blieb unberührt. Ich wunderte mich, wie der Hund mit seiner Schnauze so eine saubere Trennung zwischen Nass- und Trockenfutter hinbekam.

Ich setzte mich an den Tisch und rieb mir das Gesicht. Was sollte ich tun? Die Kommissare hatten mir berichtet, dass die Polizei Frieda mit der Tatwaffe in der Hand angetroffen hatte. Ich erinnerte mich an unseren Streit und daran, wie sauer sie gewesen war und wie sie auf Wittibert geschimpft hatte. Sollte sich Frieda so reingesteigert haben, dass sie dem Mädchen wirklich eins übergezogen hatte? Konnte das sein? Ich schüttelte den Kopf.

Peter und seine Kollegin hatten von mir wissen wollen, ob es stimmte, was sie von den Nachbarn gehört hatten: Frieda hätte Unterschriften gegen Wittibert gesammelt. Wir saßen zu dritt in der Küche, und ich hatte die Durchreiche in der Wand zum Wohnzimmer im Blick. Ich konnte genau auf den großen Tisch sehen, und darauf lagen Friedas Unterschriftenlisten. Also hätte ich die Frage mit Ja beantworten müssen, aber ich hatte den Kopf geschüttelt. Ich sagte, dass ich davon nichts wüsste und es zum ersten Mal hörte. Ich wurde nicht mal rot dabei! Mei, wie abgebrüht ich sein konnte. Obwohl – ich hatte ja nicht gelogen, Frieda hatte schließlich nicht gegen Wittibert Unterschriften gesammelt, sondern gegen ein angebliches Bordell.

Die Kommissarin hatte gesagt, Frieda bekomme selbstverständlich einen Pflichtverteidiger, der würde ihr zustehen, ich solle aber trotzdem einen Anwalt hinzuziehen. Das sei besser. Einen, der auf Strafrecht spezialisiert sei. Wo sollte ich so einen hernehmen?

Ich atmete geräuschvoll aus, so wie man die Luft eben hinausließ, wenn man ein großes Problem lösen musste. Wen konnte ich um Rat fragen? Meine Eso-Freundin? Bloß nicht! Sie würde mir einen Vortrag darüber halten, dass Frieda dieser Gefängnisaufenthalt hätte passieren müssen. Nichts wäre Zufall, und alles hätte eine Bedeutung. Nee, also das wollte ich mir nicht antun. Außerdem bezweifelte ich, dass meine Eso-Freundin einen Strafverteidiger kannte. In meiner Vorstellung waren Juristen logisch denkende Menschen, und die fand ich ganz sicher nicht in den esoterischen Kreisen meiner Freundin.

Sollte ich meinen ehemaligen Kollegen Frank fragen, der Gott und die Welt kannte? Ich schüttelte den Kopf. Er mochte vielleicht Kontakte zu allen Fotografen und Werbetextern in Frankfurt haben, aber zu einem Anwalt?

Ich zermarterte mir das Gehirn. Andreas! Ihn würde ich fragen! Schnell blickte ich auf die Uhr. Es war noch nicht besonders spät, im Bett lag er sicher noch nicht. Ich betrachtete mich kritisch im Spiegel. Sogar in dieser Situation, in der es um Leben und Tod ging, wollte ich Andreas gefallen. War ich denn total bescheuert? Ja, war ich.

Ich ging in den ersten Stock ins Bad, bürstete meine strubbeligen Haare, tuschte die Wimpern und fand einen alten Lipgloss, den ich mal dort gelassen hatte. Brrrr. Igitt, er schmeckte ranzig. In dem kleinen Zimmer, das ich bei Frieda bewohnte, schaute ich nach, was im Schrank hing. In meiner ausgebeulten Jogginghose und dem verwaschenen, ausgeleierten Sweatshirt konnte ich unmöglich zu Andreas gehen. Als ich zu Hause in Sachsenhausen losgefahren war, hatte ich mir über mein Outfit keine Gedanken gemacht. Auch nicht auf dem Weg zum Gefängnis nach Preungesheim. Da hatte ich nur Frieda im Kopf gehabt. Aber jetzt, jetzt machte ich mir Gedanken über mein Aussehen.

18

Am Ende der Besprechung legte Katrin in ihrer gewohnt sachlichen Art fest, wer sich worum kümmern sollte. Den Geschäftsmann Wittibert hatte sie zuvor in der Schweiz telefonisch erreicht.

»Damit hat er ein wasserdichtes Alibi. Ich möchte trotzdem überprüfen, seit wann genau er sich in der Schweiz aufhält. Da müssen wir Amtshilfe beantragen, darum kümmere ich mich«, sagte Katrin.

Die anderen wussten, dass ein Antrag auf Amtshilfe vom Staatsanwalt abgesegnet werden musste, zu dem Katrin einen guten Draht hatte. Die Kollegen hegten schon länger den Verdacht, dass zwischen den beiden etwas lief. Aber Katrin darauf anzusprechen hatte noch keiner gewagt. Der Staatsanwalt und sie waren sehr darauf bedacht, niemandem auch nur den geringsten Anhaltspunkt für ein Verhältnis zu geben. Trotzdem war es praktisch, dass sich Katrin auf dem kurzen Dienstweg um solche manchmal langwierigen Anträge kümmern konnte.

»Kannte Wittibert das Opfer?«, erkundigte sich Peter bei Katrin.

»Ja, er hatte dem Mädchen erlaubt, ein paar Tage in seinem Haus zu bleiben. Malgorzata Mazur wohnte laut Wittibert in einer lebhaften Wohngemeinschaft in Frankfurt, von der sie mal Pause brauchte. Sie hat Ruhe zum Lernen gesucht.«

Bärbel bot beflissen an: »Die Befragung in der Wohngemeinschaft können Steffen und ich ja morgen früh übernehmen.«

Plötzlich war es ganz still. Kein Papierrascheln mehr, kein Hin- und Herschieben von Kaffeetassen und Milchtüten, kein nervöses Klickern von Kugelschreibern. Alle Augenpaare waren auf Bärbel gerichtet. Sie hatte bis jetzt jede Schicht mit Peter übernommen. Niemand kam auf die Idee, die vier in anderer Konstellation aufzuteilen. Nur Katrin hatte schon seit langer Zeit das Gefühl, dass Bärbel etwas für Peter empfand. Sie seufzte und sah Peter fragend an. Ob die beiden ihre Gefühle endlich mal in den Griff bekommen würden? Freundlich und bestimmt teilte Katrin den folgenden Vormittag ein. Sie ließ nicht zu, dass Bärbel die Tour mit Steffen machte.

»Udo Wittibert ist noch verheiratet, seine Frau lebt in Frankfurt im Komponistenviertel. Sie muss befragt werden. Sie könnte am ehesten ein Motiv für den Mord haben. Und dafür habe ich dich, Bärbel, morgen früh mit Peter eingeteilt – danach könnt ihr noch in die WG fahren. Ich fahre mit Steffen in Wittiberts Firma.« Katrin klang danach, dass sie keine Widerworte dulden würde. Im Stillen hoffte sie, dass sich Bärbel und Peter endlich aussprechen und zueinanderfinden würden. Die beiden gehörten einfach zusammen. Katrin sah ihre beiden Kollegen an und dachte: Solange der Chef nicht hier ist, werde ich alles tun, damit ihr eure Schichten gemeinsam habt. Irgendwann musste das doch mal klappen. Dass sich Bärbel zu diesem Zeitpunkt schon auf eine andere Stelle beworben hatte, ahnte Katrin nicht.

19

Als ich frisch rausgeputzt – den klebrigen, alten Lipgloss hatte ich abgewaschen – die Treppe hinabstieg, fiel mein Blick wieder auf die Unterschriftenliste. Die könnte gegen Frieda verwendet werden, überlegte ich. Das muss ich verhindern. Also ging ich mit den Papieren auf die Terrasse, packte sie in Friedas kleinen Holzkohlegrill und zündete sie an.

Plötzlich traf ein kräftiger Wasserstrahl mein aufloderndes Feuer, und es erlosch augenblicklich. Erschrocken sah ich hoch und vernahm ein albernes Kichern. Da standen zwei Gören im Nachbargarten, bewaffnet mit futuristisch aussehenden quietschbunten Raketenwerfern. Der Wasserstrahl reichte locker über den Zaun.

Mir fielen die kleinen Wasserpistolen ein, mit denen mein Bruder Sven und ich uns früher bespritzt hatten. Wir mussten die Entfernung von der Länge eines Frühstücksbrettchens einhalten, um überhaupt was von dem mickrigen Wasserstrahl abzubekommen. Aber diese Dinger? Das kam einer Kriegserklärung gleich! Ich schrie laut: »Seid ihr noch ganz dicht? Mich so zu erschrecken!«

Die Terrassentür des Nachbarhauses ging auf, und der Vater kam heraus. Er sah mich verächtlich an und lief stramm auf die beiden Jungs zu. Beschützend legte er seine Arme um ihre schmächtigen Schultern und führte sie ins Haus. Ich konnte noch hören, wie er ihnen zuraunte: »Kommt rein. Mit *denen* legen wir uns mal besser nicht an.«

Ich schnappte nach Luft. Natürlich hatte sich schon rumgesprochen, was passiert war. Und nun dachten alle, Frieda wäre eine Mörderin! So schnell ging das. Niemand wusste etwas Genaues, aber mit dem Urteil waren sie schnell dabei. Zwangsläufig wurde auch ich gemieden, anstatt dass man mir Hilfe anbot. Und das, obwohl die Nachbarn Frieda schon so lange kannten! Von ihrer reichen Tomaten- und Zucchiniernte, da nahmen sie immer gerne – aber kaum hätte sie Unterstützung gebraucht, missachteten sie sie.

Ein Blick auf die nassen Papiere machte mir klar, dass nochmaliges Anzünden sinnlos wäre. Mangels meiner Wand im Flur trat ich gegen den Grill, der laut scheppernd umfiel. Über Friedas ehemals saubere Terrasse ergoss sich eine rußige Schmiere mit den angekokelten Fetzen der Unterschriftenliste. Wenn Frieda das hätte sehen können! Bei diesem Gedanken schossen mir die Tränen in die Augen. Ich heulte Rotz und Wasser. Meine Frieda! Was hatte sie getan? Würde sie jemals wieder freikommen?

20

Peter holte Bärbel früh am Morgen ab. Auf der Armlehne zwischen Fahrer- und Beifahrersitz lag eine Tüte mit frischen, noch warmen Croissants, und in den Haltern am Armaturenbrett steckten zwei Pappbecher mit heißem Kaffee.

»Mit Milch, wie du ihn magst«, sagte Peter etwas unbeholfen, als Bärbel eingestiegen war. Sie nickte nur.

War er mit dem Vorsatz aufgestanden, heute besonders nett und aufmerksam zu Bärbel zu sein, reichte alleine ihre Miene, um Peter wütend zu machen. Er hob die Augenbrauen. Ich mach mich hier doch nicht zum Affen, dachte er und ärgerte sich, weil Bärbel sich nicht über seine Aufmerksamkeit freute.

Bärbel spürte Peters Stimmungsumschwung. Sie musste noch den ganzen Tag mit ihm zusammenarbeiten und im Auto sitzen. Das würde unerträglich werden, wenn er schlechte Laune hatte. Deshalb sagte sie schnell: »Super, Peter, danke. Ich habe schlecht geschlafen – Kaffee ist genau das, was ich jetzt brauche!« Sie nickte ihm freundlich zu.

Versöhnlich erwiderte er: »Kein Wunder, bei der Brühe, die uns Katrin gestern Abend gekocht hat! Ich habe auch kein Auge zugetan. Wir sollten ihr verbieten, Kaffee zu machen.«

In Frankfurt angekommen, lästerte Peter: »Diese drei Straßenzüge Komponistenviertel zu nennen, halte ich ja für übertrieben!«

»Och«, erwiderte Bärbel, »ich glaube, das heißt auch nur bei uns so und ist keine offizielle Bezeichnung.«

Peter fuhr im Schritttempo durch die Straßen. »Jetzt weißt du, wo das Geld wohnt!«

Bärbel zuckte mit den Schultern. »Da gibt es noch ganz andere Ecken in Frankfurt. Mich würde interessieren, warum Wittibert nicht hiergeblieben ist.«

Kurze Zeit später standen Bärbel und Peter vor einer gepflegten Villa im Stil der 50er-Jahre.

»Pass auf!«, zischte Bärbel grinsend. »Gleich geht die Tür auf, Peter Alexander kommt mit Caterina Valente raus, und sie trällern ein Duett!«

Die Tür ging tatsächlich auf, aber ohne Gesang. Eine ältere Dame mit gestärkter weißer Schürze blieb in der offenen Tür stehen und drückte den Summer für das Gartentor. Peter und Bärbel zückten auf dem Weg durch den ordentlichen Vorgarten ihre Dienstausweise. Bärbel

53

fragte die Dame nach Frau Wittibert, diese nickte und bat die beiden mit einer Handbewegung herein.

Sie betraten eine Eingangshalle von einer Größe, die man bei dem Haus von außen überhaupt nicht erwartet hätte. Eine große Flügeltür und drei dunkle Holztüren gingen ab, eine geschwungene Treppe führte in die obere Etage. Die Dame zeigte auf eine Sitzgarnitur aus braunem Leder mit vielen kleinen Kissen aus hellem Samt.

»Bitte nehmen Sie Platz.« Dann lief sie zur großen Flügeltür und schloss sie leise hinter sich.

Bärbel und Peter sahen sich an. Sie fühlten sich unwohl in dieser Atmosphäre. Die Einrichtung wirkte so unwirklich altmodisch. Doch auch wenn alles vor Reichtum strotzte, so wussten die beiden, dass auch in diesen Kreisen Verbrechen verübt wurden, die denen im Milieu an Ekelhaftigkeit in nichts nachstanden.

Kurze Zeit später wurden sie in dem Raum hinter der Flügeltür von einer Dame empfangen, die offensichtlich ein Lifting hinter sich und aufgespritzte Lippen hatte. Die Augen waren nach hinten gezogen, auch die Wangenknochen wirkten künstlich. Die Lippen hatte sie dick mit glänzendem rosafarbenen Lippenstift bemalt. Ihr Dekolleté sah ebenso wenig natürlich aus. So weit oben stehen die Brüste noch nicht mal bei einer 14-Jährigen, dachte Peter irritiert.

»Wie kann ich Ihnen helfen?«, fragte sie mit einer Stimme, die vom Rauchen und Trinken tief und rau geworden war. »Ich sag es Ihnen gleich, viel Zeit habe ich nicht. Mein Personal Trainer kommt gleich.«

Bärbel sah Peter an und nickte unmerklich. Sie waren

sich auch ohne Worte einig. An die Dame gewandt, bemerkte Bärbel eisig: »Vielleicht sagen Sie Ihrem Personal Trainer besser ab. Können wir uns setzen?« Sie schaute sich in dem großen Wohnzimmer um.

Die Dame des Hauses verzog keine Miene und rief nach ihrer Haushälterin. Die gutmütig aussehende Frau kam sogleich herbeigeeilt und nahm den Befehl, dem Personal Trainer abzusagen, mit einem Kopfnicken entgegen, verließ den Raum und schloss die Flügeltür.

Frau Wittibert zeigte auf eine pompöse Sitzgarnitur. »Bitte nehmen Sie Platz.« Dann setzte sie sich auf die Kante eines Sessels, überschlug die durchtrainierten, braungebrannten Beine und zupfte kokett an ihrem Minirock. An ihrem Gesicht war nichts, aber auch gar nichts abzulesen.

21

Nachdem das Amtsgericht überprüft hatte, ob ich für einen Besuchsschein überhaupt in Frage kam, wusste ich jetzt endlich, was ich mir unter Amtsschimmel und muffigen Amtsstuben vorzustellen hatte. Meine Güte! Ich wurde behandelt wie eine Schwerverbrecherin, unfreundlich und streng. Kein Lächeln, kein Mitleid, keine nette Bemerkung von den Beamten.

Ungeduldig fuhr ich wieder nach Preungesheim. Eine Justizvollzugsbeamtin führte mich in Friedas Zelle. Vorher hatte man mich abgetastet und mir mein Handy abgenommen. Frieda saß mit roten Augen auf ihrer Pritsche. Ihre sonst rosige Gesichtsfarbe war aschfahl, wie ein Häufchen Elend sah sie aus. Als ich reinkam, schaute sie mich stumm und mit unendlich traurigem Blick an. Sie war zu schwach aufzustehen und streckte mir nur die Arme entgegen. Was war nur aus meiner energiegeladenen, tatkräftigen Tante Frieda geworden?

Ich zog sie vom Bett hoch und bestimmte: »So. Jetzt erzählst du mir alles der Reihe nach. Wäre doch gelacht, wenn wir dich hier nicht wieder rausbekämen!«

Zwar hatte ich überhaupt keine Ahnung, wie ich das anstellen sollte, aber ich musste Frieda schließlich Mut machen. Ich setzte sie auf den einzigen Stuhl, der in der Zelle stand, und nahm selbst auf der Pritsche Platz. Die war schon zum Sitzen viel zu hart.

»Kindchen«, sagte Frieda mit zittriger Stimme, »es tut mir so leid, dass ich mich letztens so blöd benommen habe. Ich wollte mich bei dir entschuldigen. Schon bevor ...«

»Schon gut, Frieda. Ist schon vergessen.«

Sie fasste dankbar meine Hände. »Bevor ich es vergesse, Lena. Könntest du später zu Hans Gruber gehen? Der weiß ja nicht, was passiert ist, und wartet sicher auf mich. Wir wollten heute zusammen Gassi gehen.«

»Mach ich, Frieda. Und jetzt sag mir endlich, was passiert ist!«

Sie fuhr sich durch die Haare, die kreuz und quer abstanden. »Da war dieser Anruf ...«

»Welcher Anruf?«

»Na, dass ich rüber soll zu Wittibert. Es wäre ein Notfall. Deshalb bin ich doch überhaupt nur in das Haus! Und dann habe ich das Mädchen entdeckt. Den blutigen Kopf, diesen Kerzenständer – und im nächsten Moment kam die Polizei, und schon lag ich auf dem Boden! Blaue Flecken hab ich! So ein grober Mensch!« Friedas Stimme bekam langsam ihre gewohnte Energie.

»Hast du das denn der Polizei gesagt? Das mit dem Anruf?«

Frieda schlug sich die Hände vors Gesicht. »Ich weiß es nicht mehr! Ich war so durcheinander. Ich kann mich an gar nichts erinnern. Es war furchtbar, es ging alles so schnell.«

In meinem Kopf rasten die Gedanken. »Ganz ruhig, Frieda. Eins nach dem anderen. Wer hat denn angerufen?«

Frieda antwortete ziemlich aufgeregt: »Na, der Wittibert hat mich angerufen. Wer denn sonst? Er hat was von einem Notfall gesagt und dass ich rüberkommen soll.« Nach einer Weile stotterte Frieda: »Eine Falle! Dieser Anruf war eine Falle. Das kann ja nur der Wittibert gewesen sein. Lena, ich muss sofort mit der Polizei reden! Und überhaupt ... wer hat eigentlich die Polizei verständigt? Kaum hatte ich die Leiche gefunden, war auch schon die Polizei da.«

Mir blieb die Luft weg. »Ja, Frieda, wahrscheinlich wollte Wittibert dir eine Falle stellen. Ich werde sofort Peter Bruchfeld anrufen. Sag mal, kennst du zufällig einen guten Anwalt? Du könntest einen brauchen.«

Ich verschwieg lieber, dass ich eigentlich Andreas nach einem Anwalt hatte fragen wollen, aber dann doch nicht mehr zu ihm gegangen war. Mit meinem verheulten und verquollenen Gesicht wollte ich am Abend nicht mehr vor die Tür. Die ganze Nacht hatte ich mit pochendem Herzen wach gelegen, erst im Morgengrauen waren mir die Augen zugefallen, und beim Aufwachen hatte ich mich grauenhaft gefühlt. Mir war übel, und ich bekam nicht mal meinen Kaffee runter. Beim ersten Schluck hatte sich mein Magen zusammengekrampft.

Eine Weile beobachtete Frieda mich nachdenklich. Dann sagte sie: »Wozu brauche ich denn einen Anwalt? Ich habe doch nichts getan! Das wird sich bestimmt alles ganz schnell aufklären. Ruf du mal den Kommissar an, und geh zu Hans Gruber, damit er nicht umsonst auf mich wartet. Du wirst sehen, Lena, heute Abend bin ich wieder zu Hause!«

Frieda schien fast schon wieder die Alte zu sein. Konnte ich wirklich beruhigt gehen, oder spielte sie mir ihre Zuversicht nur vor? So gerne ich geglaubt hätte, dass Frieda bald wieder freikäme, irgendwas sagte mir, dass es nicht so einfach werden würde.

22

Nach dem Besuch bei Frau Wittibert fuhren Bärbel und Peter zur Wohngemeinschaft des Opfers.

»Glaubst du, ihr Alibi stimmt?«, brach Bärbel im Auto das Schweigen.

»Hm«, machte Peter. »Hätten wir eigentlich gleich überprüfen können, ob die Sklavin im Keller überhaupt hören kann, wann ihre *Herrin* kommt und geht.«

Bärbel musste grinsen. »Erstens wohnt die Haushälterin im *Souterrain*, zweitens heißt die *Herrin* Ursula Wittibert.«

Peter zuckte mit den Schultern. »Egal, wie die heißt. Ich habe mich eben gefühlt wie in einer Therapiesitzung, in der ich der Therapeut war. Meine Güte! Die hat doch nicht mehr alle Tassen im Schrank.«

»Schon seltsam, wie sich manche gemüßigt sehen, ihr Sexualleben vor uns auszubreiten.« Bärbel lächelte spöttisch.

»Waren ja wohl eher die Vorlieben ihres Exmannes, die sie uns da zum Besten gab«, meinte Peter und sah aus den Augenwinkeln, wie Bärbels Oberkörper bebte. Bärbel ist der einzige Mensch auf der Welt, der so nach innen lachen kann, dachte er. Und obwohl sie dezent und fast unhörbar in sich hineinkicherte, war es so ansteckend, dass Peter mit seinem warmen, tiefen Lachen einstimmte. Sie dachten beide an Ursula Wittibert, deren komplette Mimik den Botox-Injektionen zum Opfer gefallen war. Sie hatte versucht, mit ihren unnatürlichen Schlitzaugen und den Schlauchboot-Lippen ein entrüstetes Gesicht zu machen, was ihr aber nicht wirklich gelungen war.

Frau Wittibert hatte sich beklagt, dass ihr Mann darauf bestanden hatte, dass sie sich in Latexdessous hineinquälte, die ihr ja überhaupt nicht stehen würden. »Überhaupt nicht!«, hatte sie mehrfach empört gesagt und Peter und Bärbel auffordernd angesehen, die unwillkürlich genickt hatten. Bärbel hatte sich wegdrehen müssen, um ernst und konzentriert zu bleiben, während Peter sie mit weit aufgerissenen Augen verständnislos angeblickt hatte.

Nun sagte Peter ganz ernsthaft: »Also mir stehen diese Latexklamotten ja auch nicht! Die quetschen immer meine Brust so flach.« Dabei versuchte er, seine Lippen nach vorne zu stülpen.

Dann fuhr er fort: »Die Frau behauptet, sie hätte ihren Mann rausgeschmissen, weil sie seinen sexuellen Wünschen nicht mehr nachkommen wollte. Glaubst du das? Ist es nicht vielleicht eher so, dass er sich andere Partnerinnen gesucht und seine Frau verlassen hat?«

Bärbel nickte. »So wie Ursula Wittibert aussieht, ist sie eine sehr verzweifelte Frau. Allein, wie sie angezogen war! Meinst du nicht? Gut, sie ist durchtrainiert, das muss man ihr lassen – aber so ein knapper Minirock in dem Alter? Ich weiß ja nicht.«

Peter nickte grimmig. »Sie hätte das stärkste Motiv überhaupt: Eifersucht.«

23

Auf der Straße atmete ich erst mal tief ein und aus. Meine Eso-Freundin hätte gesagt: Kein Wunder, dass du Luftnot hast, die Atmo im Gefängnis ist so verseucht, die muss erst mal aus dir raus! Tief ausatmen! Also, ich glaubte zumindest, dass sie das gesagt hätte. So fühlte ich

mich nämlich: Verseucht. Mein Handy hatte ich wiederbekommen, und ich wischte es erst mal an der Hose ab,
bevor ich die Nummer der Polizei wählte. Ich wollte mit
Peter verbunden werden, aber der war nicht im Haus.
Bärbel König auch nicht. Dann hatte ich plötzlich eine
kühl klingende Frauenstimme am Telefon.

»Katrin Herford. Kann ich Ihnen weiterhelfen?«

Hm. Das wusste ich nun nicht. Konnte ich mit dieser
fremden Person reden? Manchmal, wenn ich ein Vorhaben ganz fest im Kopf hatte und es dann anders kam,
brauchte ich einen Moment, um mich mit der neuen Situation anzufreunden.

»Hallo? Wer ist denn da?«, fragte die Frau etwas ungeduldig.

»Äh ... hier spricht Engel. Lena Engel«, stotterte ich.

»Die Nichte von Frieda Engel?«

Frieda war also schon polizeibekannt! Die wusste
gleich, um wen es ging. Das beunruhigte mich zutiefst.
Am liebsten hätte ich das Gespräch beendet, aber ich
musste ihr doch das mit dem Anruf sagen.

»Meiner Tante ist noch etwas sehr Wichtiges eingefallen, was sie gestern in der Aufregung vergessen hatte.«

»Und das wäre?«, wollte Katrin Herford wissen.

»Meine Tante ist überhaupt nur in das Haus gegenüber, weil sie von Herrn Wittibert am Telefon dazu aufgefordert wurde. Und dann wurde die Polizei verständigt, als Frieda im Haus war. Das war eine Falle!«

»Aha.«

Das war alles: Aha. Sie klang, als glaubte sie mir nicht,
als hätte ich mir das ausgedacht.

61

»Danke für Ihren Hinweis. Wir werden Ihre Tante dazu selbst befragen. Wiederhören.«

Damit war das Gespräch beendet. Ich fühlte mich irgendwie ungerecht behandelt. Wie ein Schulkind, dem der Lehrer nicht glaubte, dass auf seinem Tisch schon »Arschloch« stand, als es sich hingesetzt hatte, und dass es das Wort nicht selbst draufgekritzelt hatte. Dieser ungläubige, spöttische Lehrertonfall: »Aha.« Ich würde also selbst mit Peter reden müssen. Ein Grund mehr, zu Andreas zu gehen. Immerhin waren die beiden beste Freunde. Peter hatte ja schließlich auch Andreas beauftragt, mich anzurufen.

Ich machte mich auf den Weg in die Hohe Tanne, um diesem Hans Gruber Bescheid zu sagen, dass er nicht auf Frieda warten sollte. Außerdem musste ich noch mit Amsel Gassi gehen. Danach würde ich heimfahren, meinen Laptop und ein paar frische Klamotten holen, damit ich mich bei Frieda vollends häuslich niederlassen konnte. Das war mein Plan.

Bei der Adresse, die mir Frieda genannt hatte, suchte ich die Klingelschildchen nach dem Namen Gruber ab, als mich plötzlich jemand ansprach:

»Kann ich Ihnen helfen?«

Ich drehte mich erschrocken um. Da stand ein älterer Herr, der freundlich seinen Hut lupfte.

»Äh, ja. Ich suche einen Herrn Gruber.«

Er strahlte. »Glückwunsch, Sie haben ihn gefunden! Was kann ich denn für Sie tun, junges Fräulein?«

So hatte mich lange niemand mehr genannt. Ich glaube, zum letzten Mal hatte ich »Fräulein« im Kindergarten gehört.

»Meine Tante schickt mich. Frieda Engel. Sie lässt sich entschuldigen. Sie kann Sie heute und wahrscheinlich auch die nächsten Tage nicht begleiten.«

»Ist Frieda erkrankt? Kann ich irgendetwas für sie tun?«

Ich schüttelte den Kopf. Konnte ich diesem Herrn eigentlich die Wahrheit sagen? Ich war unsicher.

»Was ist denn mit ihr?«, fragte er drängend.

»Sie sitzt wegen Mordverdachts in Untersuchungshaft.« So, jetzt war es draußen.

Hans Gruber starrte mich mit offenem Mund an. Dann stotterte er völlig verstört: »Nein! Frieda? Das ist nicht möglich! Wen soll sie denn umgebracht haben?«

»Eine junge Frau in Wittiberts Haus.«

Er schüttelte verwirrt den Kopf. »So ein Unfug! Meinen Sie das etwa ernst?«

Er hatte recht, es war absoluter Unfug von der Polizei. Ich nickte traurig. Hans Gruber sah mich mit großen Augen an.

»Ich gehe sofort zu ihr! Wo befindet sie sich jetzt?«

Da musste ich ihn leider enttäuschen. »Puh. Sie müssen vorher beim Amtsgericht einen Besuchsschein beantragen. Leider.«

Er sah mich einen Moment prüfend an, dann fragte er: »Kann ich helfen? Hat sie einen Anwalt? Braucht sie irgendetwas?«

»Kennen Sie denn einen Anwalt?«

Doch wie sich herausstellte, kannte er keinen Juristen, aber er wollte sich umhören und fragte mich noch artig um Erlaubnis, ob er sich bei mir nach Friedas Befinden erkundigen dürfte. Nachdem er nochmals seine Hilfe angeboten hatte, hob er kurz den Hut, und wir verabschiedeten uns.

24

Die Wohngemeinschaft von Malgorzata Mazur bewohnte eine Fünfzimmer-Altbauwohnung mit einem Bad, das über die Küche zugänglich war, und einer Toilette im Flur. In der Küche stapelte sich auf offenen Regalen Geschirr in allen Farben und Formen. Kochgeräte, Kellen und Messer hingen an zahlreichen Haken. An der Wand klebten Poster von Veranstaltungen, die längst Vergangenheit waren. In der Spüle stapelte sich dreckiges Geschirr.

Bärbel musste bei diesem Anblick an ihre Studenten-WG denken. Es gab Dinge, die sich nie ändern würden. Dazu gehörte, dass niemand den Spüldienst verrichten wollte.

Der junge Mann, der ihnen die Tür geöffnet und sie in die Küche geführt hatte, zeigte nach Aufforderung seinen Ausweis. Dann schlappte der nächste Mitbewohner herein. Beide hatten einen mickrigen Bart am Kinn und trugen hautenge Jeans.

Im Treppenhaus hatte Peter Bärbel gewarnt: »Informatikstudenten. Da werden uns ein paar blasse Nerds empfangen, die kein Tageslicht kennen, nur vorm PC sit-

zen und sich von Pizza und Burgern vom Lieferdienst er-
nähren!«

Die Kommissare erklärten den beiden jungen Männern, sie hätten Fragen zu Malgorzata Mazur. Den Mord
erwähnten sie zunächst nicht.

Schnell war klar, wie sich die Wohngemeinschaft gefunden hatte: Einer von ihnen hatte die Wohnung gemie-
tet und dann in der WhatsApp-Gruppe der Erstsemester
kundgetan, dass er Zimmer untervermieten würde.

»Nach welchen Kriterien haben Sie Ihre Mitbewohner
denn ausgewählt?«, fragte Peter den Hauptmieter, Tom
Richter.

»Nach gar keinen«, antwortete der junge Mann spon-
tan. »Wer sich zuerst gemeldet hat, hatte ein Zimmer –
sonst hätte ich ja riskiert, alleine auf der Miete sitzenzu-
bleiben.«

»Und wer wohnt hier alles?«, erkundigte sich Bärbel.

»Ich, der Friedemann hier, Geoffrey, Max und die
M. M.«

»Und Malgorzata Mazur war eine der Ersten, die sich
um ein Zimmer beworben haben?«

Der Student nickte.

»Ist es nicht etwas seltsam, sich erst um eine Bleibe zu
kümmern, wenn das Studium schon angefangen hat?«,
mischte sich Peter ein.

»Wissen Sie, was in Frankfurt auf dem Wohnungs-
markt los ist?«, entgegnete Tom Richter verärgert. »Glauben Sie mir, Sie finden keine bezahlbare Ein- oder Zwei-
zimmerwohnung! Diese Fünfzimmerwohnung war die
letzte Chance!«

Bärbel ging nicht darauf ein, sondern fragte weiter: »Wissen Sie, wie Frau Mazur ihr Studium finanziert hat?«

Der junge Mann zuckte mit den Schultern und murmelte: »Irgendwas mit Modeln oder so ...«

»Hatte sie einen festen Freund?«

Die beiden Studenten sahen sich an und zögerten mit der Antwort.

Bärbel hakte nach: »Bitte sagen Sie uns alles, was Sie wissen. Jeder noch so kleine Hinweis kann hilfreich sein!«

Der Hauptmieter wand sich. »Na ja, nee, also, festen Freund hat sie keinen. Mit Geoffrey hat sie so was wie 'ne Freundschaft plus.«

Bärbel stutzte. »Bitte was?«

»Also, die haben schon was miteinander, aber sind halt nicht zusammen.«

»Aha.« Bärbel staunte und dachte zum ersten Mal in ihrem Leben: Das hätte es früher nicht gegeben! Dann erschrak sie, denn eigentlich hatte sie diesen Satz nie denken wollen. Er erinnerte sie an ihre Großmutter, von der sie diesen Spruch ständig zu hören bekommen hatte. Peter brachte sie mit seiner nächsten Frage wieder zur Vernehmung zurück:

»Haben beide das so gesehen, oder wollte einer mehr als nur eine Freundschaft plus?«

Die beiden Studenten zuckten mit den Schultern.

Peter wurde ungeduldig und fragte energischer nach: »Wie heißt dieser Geoffrey mit Nachnamen? Wo ist er jetzt? Hatte er Streit mit Malgorzata Mazur?«

Kopfschütteln der beiden Studenten.

»Hat Frau Mazur mal von irgendwelchen Übergriffen erzählt? Hatte sie Feinde? Wurde sie bedroht?«

Wieder sahen sich die beiden Studenten an. Tom Richter reagierte zuerst: »Ja, neulich hat sie einen Brief bekommen ...«

»Was für einen Brief?«, fragte Bärbel wachsam.

»Einen Drohbrief. Letzte Woche erst – M. M. hat ihn uns vorgelesen.«

»Und?«, fragten Peter und Bärbel gleichzeitig.

Erneut tauschten die beiden Studenten einen Blick. Der Hauptmieter sagte zum anderen: »Friedemann, weißt du noch, was da drinstand?«

»Ja, äh ... ungefähr so was wie ... ›du Schlampe, jetzt weiß ich, wo du wohnst. Jetzt bist du fällig‹ ... oder so.«

»Wie hat Frau Mazur denn darauf reagiert? Hatte sie Angst?« Peter atmete tief ein. Die beiden Studenten gingen ihm allmählich auf die Nerven. Sie erschienen ihm unbeteiligt und extrem lahm. Wollten die noch nicht mal wissen, was mit ihrer Kommilitonin passiert war? Alles musste man ihnen aus der Nase ziehen. Peter sah Bärbel an und hob die Augenbrauen. Bärbel kannte diesen Blick und wusste, dass er kurz davor war, die Geduld zu verlieren. Sie lächelte sanft und ermunterte die Studenten zu einer Antwort.

»Haben Sie die Frage verstanden? Hatte Frau Mazur Angst? Fühlte sie sich ernsthaft bedroht?«

Friedeman meinte: »Nö, gar nicht! M. M. hat über den Brief gelacht. ›Wieder so 'ne eifersüchtige Ehefrau‹, hat sie gesagt.«

Bärbel und Peter ließen sich das aufgeräumte Zimmer des Opfers zeigen und suchten alles nach dem Brief ab.

»Ey, dürfen Sie das überhaupt? Was is'n eigentlich los?«, fragte Friedemann erschrocken.

Diese Frage hatte Bärbel bei ihrer Ankunft erwartet.

»Wissen Sie, wo Frau Mazur die letzten Tage war?«, wollte sie wissen, ohne Friedemann eine Antwort zu geben.

Die beiden schüttelten den Kopf. Tom sagte schnell: »Nee, die M. M. meinte, sie würde für ein paar Tage bei einem Freund bleiben. Sie wollte für die Klausuren nächste Woche in Ruhe lernen.«

Nun wurde Friedemann richtig munter und fragte nach: »Warum denn? Was ist denn mit M. M.? Ist was passiert?«

Bärbel sah Peter an, aber statt einer Erklärung fragte dieser nach den Aufenthaltsorten der anderen Mitbewohner.

Friedemann, nun hellwach, meinte: »Die sind bei ihren Eltern. Geoffrey ist im Saarland und Max im Odenwald.«

Bärbel und Peter sahen sich an. Beide wussten, was diese Worte bedeuteten: Überprüfen. Nachfragen. Hinfahren. Nötigenfalls bis ins Saarland.

Der Drohbrief war nicht auffindbar, der Papierkorb geleert, und die Müllabfuhr war ausgerechnet an diesem Morgen da gewesen, um das Altpapier abzuholen.

»Ein wichtiges Beweismittel ist somit verschwunden«, stellte Bärbel fest.

Zum Abschied wies Peter die beiden barsch darauf

hin, dass sich die WG-Bewohner für eine eventuelle Vernehmung zur Verfügung halten sollten. Erst da sagte Bärbel, dass Malgorzata Mazur einem Mord zum Opfer gefallen war. Zurück blieben zwei junge Männer, die sich blass an den Küchentisch sinken ließen.

25

Amsel war außer sich vor Freude, als ich in Friedas Haus zurückkam. Sie lief aufgeregt um mich herum, drehte sich im Kreis und stupste mich mit der Nasenspitze an. Eindeutig ihre Aufforderung zum Gassigehen. Ich ging in die Hocke, strubbelte ihr durchs Fell und hielt ihr die Schnauze zu, um sie ein bisschen zu necken. Das war ihr Lieblingsspiel. Sie schnappte dann nach mir, würde aber niemals wirklich beißen.

Ich seufzte. »So, kleine Amsel. Zuerst muss ich den Kühlschrank inspizieren.«

Obwohl Frieda so sicher war, dass sie am Abend nach Hause dürfte, hatte ich ihr versprechen müssen, dass ich keine Lebensmittel umkommen ließ. Sie hatte mir genaue Anweisungen gegeben, was als Erstes verbraucht werden musste.

»Dann werde ich mich mal im Kochen versuchen. Ich weiß jetzt schon, es wird in einer Katastrophe enden! Na ja, notfalls bekommst du es, gell?«

Amsel verstand ganz genau, was ich sagte. Sie wedelte

verhalten mit ihrem Schwänzchen – so als wüsste sie, dass es nur bedingt etwas Gutes bedeutete, wenn sie meine Kochergebnisse zu fressen bekäme.

Ich hatte einen Riesenhunger. Schließlich hatte ich nicht gefrühstückt – jetzt war es schon später Vormittag, ich konnte also gleich zum Mittagessen übergehen. Es gab einige Blätter grünen Salat, schon gewaschen und geputzt in einer Plastiktüte, eine Handvoll Radieschen, ein paar gekochte Kartoffeln und einen Rest von Friedas kalter Gurkensuppe. Der Einfachheit halber schnippelte ich alles in einen tiefen Teller und kippte die kalte Gurkensuppe drüber. Na, ging doch! Vielleicht habe ich ja doch was von Friedas Kochkunst mitbekommen, dachte ich erfreut. Zu Hause machte ich mir höchstens mal Nudeln. Mittlerweile brannte mir auch Reis nicht mehr an. Dazu gab es im Wechsel Tomatensoße oder Tomatensoße – viel weiter war ich mit meinen Experimenten noch nicht gekommen.

Nach dem Essen lief ich zu Andreas' Haus. Mein Herz schlug schon schneller, bloß weil ich in die Nähe kam! War es normal, ein flaues Gefühl im Magen zu haben, wenn man sich nur einem Haus näherte? Es sollte ja Frauen geben, die sich grundsätzlich in unerreichbare Männer verliebten, weil sie selbst Bindungsangst hatten. Hatte man ja alles schon gehört. Vielleicht war ich so eine?

Andreas war noch nicht zu Hause, deshalb brachte ich Amsel zurück und fuhr alleine nach Sachsenhausen, um meine Sachen zu holen. Ich hätte Amsel ja gerne mitgenommen, aber ans Autofahren hat sich die Dackeldame nie gewöhnt, und ich wollte keine Hundekotze von meinen Sitzen wischen müssen.

Während der Fahrt plante ich genau, was ich anziehen würde, um später zu Andreas zu gehen.

26

Die Kommissare trafen sich im kahlen Besprechungszimmer der Dienststelle. Bärbel und Peter berichteten, dass Wittiberts Ehefrau durchaus ein Motiv haben könne, wofür der Drohbrief spreche, der aber nicht auffindbar gewesen sei. Katrin, bekannt für ihren scharfen Verstand, fragte sofort nach, ob der Drohbrief nur erfunden sein könnte, weil die Mitbewohner von sich ablenken wollten. Peter und Bärbel schüttelten den Kopf.

»Die beiden waren echt betroffen, als sie von Malgorzata Mazurs Tod gehört haben. Das haben die nicht gespielt. Natürlich müssen wir die beiden anderen Mitbewohner noch ausfindig machen und befragen«, sagte Bärbel.

Peter las die Adressen vor: »Püttlingen im Saarland. Da soll sich dieser Geoffrey aufhalten. Den müssen wir genauer unter die Lupe nehmen. Er pflegte eine Freundschaft plus zu dem Opfer. Und der andere soll bei seinen Eltern im Odenwald sein.«

Steffen und Katrin fragten gleichzeitig: »Eine Freundschaft plus?«

»Das ist«, erklärte Bärbel, »wenn man miteinander schläft, aber nicht zusammen ist.«

»Aha«, machten Katrin und Steffen verständnislos. Katrin fuhr fort: »Der Obduktionsbericht liegt übrigens vor: Das Opfer war schwanger. Vielleicht sollte sie deshalb aus dem Weg geräumt werden? Vielleicht war dieses Plus nicht eingeplant bei der unverbindlichen Freundschaft.« Sie sah auf ihre Armbanduhr. »Dann würde ich mit Steffen morgen nach Reichenbach im Odenwald fahren. Bärbel und Peter, ihr fahrt nach Püttlingen zu diesem Geoffrey, der möglicherweise der Vater ist. Bringt bitte gleich eine DNA-Probe mit, damit wir das überprüfen können.«

Bärbel reagierte blitzschnell. »Nein, das geht nicht! Ich habe morgen einen wichtigen Arzttermin – ich fahre mit Steffen in den Odenwald, dann kann ich nachmittags wieder hier sein.«

Aller Augen waren auf Bärbel gerichtet. Den Kollegen war klar, dass sie die lange Autofahrt mit Peter vermeiden wollte. Bärbel ignorierte die anderen und redete einfach weiter: »Gehen wir mal davon aus, dass dieser Drohbrief wirklich existierte – er würde auf jeden Fall Frieda Engel entlasten. Die Schwangerschaft könnte ebenfalls ein Motiv sein. Wohl ist mir nämlich nicht dabei, dass die alte Dame in Untersuchungshaft sitzt.«

Katrin stimmte ihr zu: »Ich glaube, keinem von uns gefällt der Gedanke, dass Frieda Engel eine Mörderin sein könnte. Übrigens hat ihre Nichte hier angerufen und behauptet, Frau Engel wäre von Wittibert telefonisch dazu aufgefordert worden, in sein Haus zu gehen. Und sie hat gefragt, wer die Polizei verständigt hätte, als Frieda im Haus war.«

Peter, der wegen Bärbels Äußerung noch verstimmt war, schüttelte den Kopf und sagte barsch: »Von einem Anruf hat Frau Engel bei ihrer Verhaftung nichts gesagt.«

Katrin pflichtete ihm bei: »Bei ihrer Vernehmung auch nicht. Trotzdem habe ich einen Antrag gestellt, dass wir alle telefonischen Verbindungen von Frieda Engel bekommen – erfahrungsgemäß dauert das allerdings. Steffen, frag mal in der Zentrale nach, wann und woher der Notruf hier einging.«

In diesem Moment öffnete sich die Tür, und der schneidige Staatsanwalt kam herein. Wie immer im eleganten, maßgeschneiderten Anzug. »Entschuldigen Sie bitte die Verspätung, ich bin aufgehalten worden.« Er nickte allen freundlich zu und sagte zu Katrin: »Ich habe Sie unterbrochen, bitte reden Sie weiter!«

Peter atmete hörbar ein. Man sah ihm förmlich an, was er dachte: Dieser Lackaffe kommt auch nur zu unseren Besprechungen, um sich wichtigzumachen.

Katrin hingegen lächelte plötzlich hinreißend und berichtete weiter: »Steffen und ich waren heute in Wittiberts Firma. Die Sekretärin hat uns alle Unterlagen ausgehändigt, aber wir konnten nichts Auffälliges feststellen. Es gab wohl ein paar Beschwerden, weil irgendwelche Umweltauflagen angeblich nicht erfüllt werden, und ein paar anhängige Gerichtsverfahren wegen Klagen von gekündigten Mitarbeitern – nichts, was unseren Fall betreffen würde. Ein frustrierter Mitarbeiter wird wohl kaum aus Rache einen Mord an einem unbeteiligten Mädchen begehen.«

Der Staatsanwalt nickte und machte sich Notizen. »Ich werde morgen die Akten zu diesen Verfahren anfordern – wir müssen jeder Möglichkeit nachgehen. Im Übrigen habe ich Nachricht von den Schweizer Kollegen: Udo Wittibert war tatsächlich die letzten Tage in der Schweiz. Er hat ein bombenfestes Alibi.« Nach einer kurzen Pause fragte er betroffen: »Wurden die Eltern von Malgorzata Mazur benachrichtigt?«

Katrin nickte und sagte fast tonlos: »Die Eltern werden morgen aus Polen kommen, um ihre Tochter zu identifizieren.«

Es wurde sofort ruhig im Raum. Niemand mochte sich vorstellen, wie grauenhaft es für die Eltern sein würde, die eigene Tochter tot in dem kalten, gefliesten Keller im Gebäude der Gerichtsmedizin liegen zu sehen.

27

Zu Hause überprüfte ich den Anrufbeantworter, aber natürlich hatte niemand eine Nachricht hinterlassen. Ich hatte so gehofft, dass sich eine Werbeagentur bei mir melden würde, weil ich mittlerweile dringend einen Auftrag brauchte.

Ich goss meine kümmerlichen Zimmerpflanzen auf der Fensterbank, sah kurz die wenige Post durch und spülte schnell das Geschirr, das noch dreckig auf dem Tisch gestanden hatte.

Dann duschte ich mich ausgiebig und wusch mir die Haare. Für den anstehenden Besuch bei Andreas schmierte ich mich mit allen Cremeresten und -proben ein, die ich in meinem Badezimmer fand, lackierte die Nägel und suchte die Klamotten zusammen, die den Status »Kann sich noch sehen lassen« hatten. Die restlichen Kleider, die ich in den nächsten Tagen brauche würde, stopfte ich in meine alte Reisetasche.

Dann fuhr ich direkt zu Andreas. Ich parkte vor seiner Haustür und blieb noch einen Moment im Auto sitzen. Ganz ruhig, Lena, redete ich mir gut zu. Du wirst jetzt klingeln und Andreas nach Peters Telefonnummer fragen, ohne dabei rot zu werden. Toi, toi, toi, wünschte ich mir, stieg aus, schlug die Autotür zu und schritt energisch zur Haustür. Jetzt nicht nachlassen, ermahnte ich mich. Ich klingelte, und nur wenige Sekunden später riss Andreas die Tür auf, gerade so, als hätte er direkt dahintergestanden.

»Lena!«, rief er aus. »Komm rein – das ist ja furchtbar, was ich gehört habe! Stimmt es, dass deine Tante verdächtigt wird, ein Mädchen erschlagen zu haben?«

Er legte sanft die Hand auf meine Schulter und schob mich durch den Flur ins Wohnzimmer. Ich war so perplex, dass ich gar nichts sagen konnte. Er zeigte aufs Sofa. »Setz dich, bitte.«

Dann sprang er zum Kühlschrank in der offenen Küche. »Was magst du trinken? Bier, oder brauchst du was Stärkeres?«

»Bier ist okay«, gab ich zurück.

Andreas kam mit zwei Bier wieder, setzte sich vor mich und sah mir direkt ins Gesicht. Seine sanften Augen, die im Gegensatz zu seinem verwegenen Äußeren standen, brachten mich schon unter normalen Umständen um den Verstand. Ich nahm einen kräftigen Schluck aus der Flasche und stellte das Bier auf einen Holzblock, der vor dem Sofa stand. Andreas stellte sein Bier ebenfalls ab, dann umfasste er meine Hände. In dem Moment blieb mir das Herz stehen. Es klopfte nicht mehr, ganz bestimmt. Mit meinem leicht geöffneten Mund musste ich wohl aussehen wie ein starrender Karpfen.

»Es tut mir so leid! Was ist denn eigentlich passiert?«, fragte Andreas, zum Glück unbeeindruckt von meiner blöden Miene.

Ich nahm noch einen Schluck Bier und berichtete ihm alles. Auch von dem Anruf, den Frieda bekommen hatte. Er hörte sich die ganze Geschichte ruhig an. Als ich geendet hatte, sprang er auf und lief im Kreis.

»Du willst Peter auf alle Fälle von dem Anruf berichten, weil deine Tante in der Aufregung vergessen hat, ihn zu erwähnen? Gut, wir können Peter sofort anrufen und es ihm sagen. Ansonsten wird er keine Auskünfte geben. Über laufende Ermittlungen spricht er nicht, da ist er überkorrekt.«

Ich lauschte seiner angenehmen Stimme und ärgerte mich, dass ich direkt von Sachsenhausen zu ihm gefahren war. Ein Blick auf die Uhr verriet mir nämlich, dass ich noch mit Amsel rausgehen musste. Hätte ich das doch vor dem Besuch bei Andreas erledigt!

»Du« sagte ich betrübt, »ich muss mit dem Hund raus.«

»Ich komme mit. Ich lass dich in so einer Situation doch nicht alleine!«, sagte Andreas und schickte sich an, seine Jacke anzuziehen.

Ich war verdattert und gerührt, erstaunt und erfreut. Irgendwie alles auf einmal.

28

Am Morgen fuhr Peter schlecht gelaunt mit seiner Harley zur Dienststelle am Freiheitsplatz. Er hatte bis zum Vortag das Gefühl gehabt, dass sich sein Verhältnis zu Bärbel wieder entspannt hatte. Sie waren einigermaßen normal miteinander umgegangen, und das Zusammentreffen mit seiner Exfrau am Flughafen schien endlich in Vergessenheit geraten zu sein. Doch nun wollte Bärbel mit Steffen, dem Greenhorn, in den Odenwald fahren, um diesen Studenten zu vernehmen. Peter grollte, als er sein Motorrad auf dem Polizeiparkplatz abstellte und nach oben ins Büro ging.

Bärbel war, wie eigentlich immer, vor Peter da und hatte schon Kaffee gekocht. Sie hatten sich ein Pfund Kaffee aus einer kleinen Rösterei in Frankfurt-Bockenheim mitgebracht, als sie zur Vernehmung der Wohngemeinschaft in der Stadt waren. Der aromatische Duft wehte Peter schon auf dem Gang entgegen. Er riss die

Tür auf und bekam gerade noch ein paar wütende Wort-
fetzen von Katrin mit:

»... stinksauer. Muss ich das vom Staatsanwalt erfahren, dass du dich auf eine andere Stelle beworben hast!«

Betretenes Schweigen. Peter sah von Katrin zu Bärbel.
»Du hast was?« Er rang um Fassung.

Bärbel war erschrocken, weil ihr Vorhaben offiziell
wurde, bevor sie selbst es ihren Kollegen hatte sagen
können. Sie kaute auf den Lippen. Katrins heftige Reak-
tion zeigte ihr, wie enttäuscht die Kollegin war. Unsicher
blickte Bärbel zu Peter, sagte aber nichts.

Peter wartete. Da Bärbel schwieg und auch Katrin
nichts sagte, nahm er an, dass es stimmte. Bärbel hatte
sich auf eine andere Stelle beworben. Weg von ihm. Darum ging es doch!

Peter drehte sich um und knallte die Tür hinter sich
zu, so dass sie beinahe aus den Angeln brach. Er stapfte
zum Parkplatz, setzte sich auf seine Harley und fuhr los,
direkt auf die Autobahn Richtung Fulda. Eigentlich
fuhr er sonst lieber ruhig und gemütlich Landstraße.
Schließlich war die Harley kein »Reiskocher«, wie er die
schnellen Motorräder abfällig nannte, sondern eine Le-
benseinstellung. Aber in diesem Moment hätte er lieber
eine andere Maschine gehabt.

Er nahm irgendeine Ausfahrt von der Autobahn,
kurvte ziellos auf der Landstraße herum, ohne zu wissen, wo er sich überhaupt befand. Er hielt schließlich an
einem Waldweg, stieg ab und marschierte einfach drauf-
los. Auf einer Lichtung ließ er sich ins Gras fallen und
schlug die Hände vors Gesicht. Er fühlte sich schuldig.

Es lag nur an ihm, dass sich Bärbel einen anderen Job gesucht hatte. Warum hatte er damals nach dem Kuss auf der Treppe gesagt, dass es ein Fehler gewesen war, obwohl sich der Kuss doch richtig und gut angefühlt hatte? Sein Kopf war dagegen gewesen. Wer hatte überhaupt entschieden, dass das, was der Kopf sagte, richtig war? War nicht das Bauchgefühl die Summe aller Erfahrungen, die eigentlich den richtigen Weg zeigten? Peter wusste es nicht.

Er zweifelte an sich, weil er nicht schnell genug reagiert hatte, als seine Exfrau am Flughafen aufgetaucht war. Damit hatte das Dilemma ja erst angefangen. Diese blöde Kuh!, schimpfte er in Gedanken auf seine Exfrau. Was war er ihr hinterhergelaufen! Er hatte sie angefleht, zu ihm zurückzukommen, und sie hatte ihn eiskalt abblitzen lassen. Jeden Kontakt zu ihm hatte sie abgelehnt – und dann war sie plötzlich nach so langer Zeit aufgetaucht und hatte ihn angesprungen, als wären sie ein frisch verliebtes Paar.

Peter verscheuchte ein paar surrende Insekten. Er zog die Beine an, stützte sich erschöpft auf seinen Knien ab und ließ den Kopf hängen. Die Lichtung war ein verwunschener Ort, einsam im Wald, eingerahmt von hohen, dunklen Bäumen. Am Waldboden große Felsbrocken im Schatten, überwuchert von Farn und Moos. Warum lag er nicht mit Bärbel hier auf einer Decke bei einem romantischen Picknick? Warum war er so allein und verzweifelt?

Nach einer Weile hatte sich Peter beruhigt. Nützt ja alles nichts, dachte er. Ist vielleicht sogar besser, wenn Bär-

bel und ich nicht zusammenarbeiten. Langsam konnte er
Bärbels Wunsch nach einer anderen Stelle sogar akzep-
tieren. Obwohl sie es mir hätte sagen können, dachte er
verletzt. Er wischte sich übers Gesicht. Der kleine Ausflug hatte ihm gutgetan. Der Chef war noch immer im
Urlaub, und seine Kollegen würden nichts sagen wegen
der kurzen Auszeit, die er sich genommen hatte.

Peter machte sich auf den Weg zurück durch den Wald.
Wieder an der Harley angekommen, merkte er, dass er
kein Benzin mehr hatte. Verflucht! Er wusste doch, dass
die Tankanzeige kaputt war. Er hatte keine Ahnung, wie
weit es bis zur nächsten Ortschaft war. Hatte er die letzten 20 Kilometer überhaupt eine Tankstelle gesehen? Er
stand unschlüssig am Straßenrand und zückte sein
Handy. Kein Empfang! Und keine Idee, wo er sich überhaupt befand.

29

Ich war noch ganz benommen vor lauter Glückseligkeit.
Während wir gestern Abend mit Amsel im Park spazieren und um den Weiher gelaufen waren, hatte Andreas
den Arm um mich gelegt.

»Weißt du noch, Lena? Hier sind wir uns das erste
Mal begegnet.«

Ich hatte geseufzt. »Falsch. Hier bist *du* mir zum ersten
Mal begegnet. *Ich* dir dahinten im Wald beim Einsied-
ler.«

Andreas widersprach: »Da habe ich dich angesprochen. Aufgefallen bist du mir schon hier.«

Oh, ich hätte hopsen können vor Glück, als er das sagte, mit seiner schnurrenden Stimme und seinem sanften Blick. Dann hatte er Peter angerufen. »Mailbox«, sagte er zu mir und sprach anschließend aufs Band: »Hi, hier ist Andreas. Hör mal, Lena ist bei mir. Sie hat mir erzählt, dass dieser Wittibert ihre Tante angerufen und sie aufgefordert hat, in sein Haus zu gehen. Nur deshalb war sie da. Ich denke, das solltest du wissen.« Nach dem Anruf hatte er versucht, mich aufzumuntern. »Lass mal den Kopf nicht hängen, Lena. Wir holen deine Tante schon raus aus dem Schlamassel. So ein Unding, die alte Frau zu verhaften! Die haben sie doch nicht mehr alle.« Er drückte mich tröstend an sich.

Ich hatte mich noch nie in meinem ganzen Leben so geborgen gefühlt. Vielleicht, weil meine Mutter nie für mich da gewesen war. Geborgenheit hatte ich nur bei Frieda gefunden. Es war das erste Mal, dass ich mich bei einem Mann zu Hause fühlte. Andreas, der mich mit meinen Sorgen nicht alleine ließ und sich um mich kümmerte. Diese Wärme, die mich durchflutete, war unbeschreiblich. Ich hatte gar nicht gewusst, wohin mit den Gefühlen, die da über mich hereinbrachen, aber in der Nacht hatte ich endlich wieder schlafen können.

Während ich den gestrigen Abend Revue passieren ließ, lag ich noch gemütlich im Bett. Dann streckte ich mich und stand mit Schwung auf, eher ungewöhnlich für mich. Tatkräftig schritt ich die Treppe hinunter. Unten wartete Amsel schon schwanzwedelnd auf mich.

»Erst ein Kaffee für mich, Amsel. Dann bist du dran.«

Beim Kaffee schloss ich für einen Moment die Augen, schlang die Arme um mich und träumte von der Umarmung gestern Abend vor der Haustür. Andreas hatte mich so fest an sich gedrückt, als hätte er mir allen Kummer abnehmen wollen. Eines hatte er ganz sicher erreicht: Ich startete voller Zuversicht und Hoffnung in den Tag.

30

Während Peter auf einer einsamen Landstraße stand und versuchte, einen Autofahrer zum Anhalten zu bewegen, disponierte Katrin um und schickte Bärbel und Steffen auf den Weg ins Saarland.

»Wer weiß, wann der Dickkopf wieder hier auftaucht«, murrte Katrin. Bärbel war sofort einverstanden mit der Planänderung. Ihren Arzttermin, der gestern noch so wichtig gewesen war, erwähnte sie nicht mal mehr.

Peters Laune war im Keller. Er hörte ein herannahendes Fahrzeug und stellte sich mitten auf die Fahrbahn. In der rechten Hand hielt er seinen Polizeiausweis, mit der linken winkte er von oben nach unten, so dass jedem klar sein musste, dass die Geschwindigkeit zu drosseln sei. Eine Frau saß am Steuer und riss erschrocken die Augen auf. Dann fiel ihr Blick auf die Harley, die am

Straßenrand stand – die Frau gab augenblicklich Gas, wich auf die Gegenfahrbahn aus, und weg war sie. Peter sah dem Fahrzeug fassungslos nach. Er schnaubte durch die Nase und ließ alle Flüche los, die ihm einfielen.

»Was für ein Scheißtag!«, wütend trat Peter gegen einen Stein am Straßenrand.

Dann hörte er, wie sich langsam das Geknatter eines Traktors näherte. Wieder stellte er sich auf die Fahrbahn und hielt seinen Polizeiausweis hoch. Der Traktor mit Anhänger kam zum Stehen, und der Fahrer zog die Handbremse an. Ein wettergegerbtes Gesicht mit kleinen Augen sah Peter von oben herab an.

»Na, mein Junge – Sprit ausgegangen?«, fragte der alte Landwirt, dem ein erloschener Zigarillo im Mundwinkel hing. Peter nickte.

»Komm, spring auf, ich fahr dich zur nächsten Tanke.«

Mehr Worte wechselten sie bis zur Tankstelle im übernächsten Ort nicht. Dort sprang Peter ab, und der Bauer hielt sich die Hand zum militärischen Gruß an die Stirn, ehe der Traktor weiterknatterte.

Die Tankstelle war nicht besetzt, und der durch Klingeln herbeigerufene Tankwart machte mit seinem griesgrämigen Gesicht Peter alle Ehre. »Ersatzkanister sind aus. Nix zu machen«, knurrte er.

Peter ballte die Hände zu Fäusten und herrschte den Mann an: »Dann geben Sie mir ein paar leere Wasserflaschen!«

»Wie? Benzin in Wasserflaschen? Ist nicht erlaubt.« Mit diesen Worten drehte sich der Tankwart um und wollte wieder ins Gebäude gehen.

Peter stellte sich vor den Mann und zückte seinen Dienstausweis. »Jetzt hören Sie mir mal gut zu: Wenn Sie mir jetzt nicht sofort Benzin verkaufen, egal wo drin, mache ich Sie verantwortlich wegen Behinderung der Staatsgewalt! Haben Sie mich verstanden?«

Der Tankwart kniff die Augen zusammen und versuchte, den Ausweis zu lesen. »Halten Sie den mal schief!«, forderte er Peter auf.

Peter war verblüfft. »Denken Sie etwa, der Ausweis ist gefälscht? Hier haben Sie es!« Er wackelte mit dem Ausweis vor den Augen des Mannes hin und her, so dass die Farben der Überschrift von Dunkelblau zu Magenta wechselten. Der Mann war noch nicht zufrieden.

»Dienststelle?«

Peter schloss für einen Moment die Augen. Ihm war danach, diesem Blödmann eine reinzuhauen. Für einen Kriminalhauptkommissar verbot sich das von selbst, aber Lust hätte er schon gehabt.

»Hanau«, gab er zur Antwort und sah dabei auf die Uhr. Mist, dachte er. Bärbel ist bestimmt schon auf dem Weg in den Odenwald, und ich hätte sie davon abhalten können, mit Steffen zu fahren. Katrin wird mittlerweile auch sauer auf mich sein. Ich muss sie unbedingt anrufen. Bei diesem Gedanken zückte Peter sein Handy.

»Der Gebrauch von Mobiltelefonen ist an der Tankstelle untersagt!«, belehrte ihn der Tankwart.

Peter dachte nur: Ich bring ihn um. Ich bring ihn auf der Stelle um. Er steckte sein Handy ein, machte eine ungeduldige Geste und öffnete dabei kurz die leeren Hände.

Der Tankwart brabbelte vor sich hin und stapfte in eine Garage, die neben der Tankstelle lag. Er kam tatsächlich mit einem Kanister wieder heraus. »Ist mein persönliches Eigentum! Machen Sie sich den voll, ich bringe Sie zu Ihrem Fahrzeug, muss nur noch meiner Frau Bescheid sagen.«

Wenig später konnte Peter das Benzin in sein Motorrad füllen, während der Tankwart um die Harley schlich.

»Schöne Maschine!«, sagte er und nickte anerkennend. »Ich wusste gar nicht, dass die Hanauer Polizei mit Harleys fährt.«

Peter holte tief Luft und blieb ihm die Antwort schuldig. Er bot dem Tankwart noch Geld fürs Fahren an, doch der winkte ab, stieg ins Auto und fuhr mit seinem Kanister davon.

Peter konnte sich endlich auf den Weg nach Hanau machen. Die Richtung hatte ihm der Tankwart grob gezeigt, denn Peter war immer noch ohne Handyempfang. Wie abhängig man doch von der Technik ist, dachte er, als er mit Vollgas losbrauste.

31

»Ich hätte nie gedacht, dass ich wirklich noch eine Nacht hierbleiben muss!« Frieda rieb sich den Rücken. »Mir tut alles weh. Diese Pritschen sind die reinste Folter.« Sie lief in der kleinen Zelle auf und ab, schwang die Arme und streckte sich.

Ich saß ganz still am Tisch und wartete, bis sich Frieda wieder danach fühlte, ebenfalls Platz zu nehmen. Erst dann berichtete ich ihr, dass ich der Polizei gesagt hatte, dass sie durch einen Anruf in Wittiberts Haus gelockt worden war.

»Und?«, wollte Frieda wissen. »Was hat die Polizei dazu gesagt?«

Ich konnte nur mit den Schultern zucken. »Nichts, aber immerhin wissen sie es jetzt.«

Nach einer Weile, in der wir beide schwiegen, fragte Frieda plötzlich besorgt:

»Lena, du bist doch bei Amsel, oder?«,

Ich versuchte, heiter zu klingen: »Na klar! Ich habe es mir richtig gemütlich gemacht. Und keine Angst: Ich gieße die Pflanzen und wische Staub.«

»Hast du dem Hans Bescheid sagen können?«

Ich nickte. »Ich habe ihm gesagt, wo du bist. Ich hoffe, das ist in Ordnung? Ich wusste nicht, ob dir das recht ist.«

Frieda atmete tief ein. »Ach, Kind, es wird sich schon alles aufklären.«

Um sie etwas aufzumuntern, wollte ich von ihr wissen, wie sie Hans Gruber kennengelernt hatte und worüber sie so redeten. Aber Frieda machte eine abweisende Handbewegung.

»Mit den alten Geschichten will ich dich nicht belasten.«

Die alten Geschichten. Über die hatte Frieda nur ein einziges Mal geredet, als mein Bruder und ich Teenager gewesen waren. Sven hatte in der Schule die Hausaufgabe aufbekommen, mit den Großeltern über den Krieg zu sprechen. Mangels Großeltern war Frieda diejenige gewesen, die uns hatte Auskunft geben müssen. Sie erzählte damals stockend, was sie als kleines Kind erlebt hatte. Wie mein Vater und sie ihre Mutter verloren hatten. Wer sie unterstützt und wie es sie nach Hanau verschlagen hatte. Später, wann immer die Sprache darauf gekommen war, hatte Frieda vehement abgewinkt. »Lass die alten Geschichten ruhen. Wir leben jetzt.« Mit diesem Spruch fegte Frieda das Thema seitdem immer vom Tisch. Kein Wunder, dachte ich, sie hatte ihre Mutter im Krieg verloren, als sie noch ein kleines Mädchen gewesen war. Frieda wollte einfach nicht daran erinnert werden, weil es sie immer noch schmerzte. Aber warum redete sie dann mit Hans Gruber darüber?

Nach einer Weile begann Frieda, stockend zu erklären: »Ich weiß selbst nicht, warum ich mit Hans Gruber über all das sprechen kann. Vielleicht liegt es daran, dass er aus Bayreuth kommt. Der vertraute Dialekt, sein Wissen über die ganzen Orte, sein Interesse ...«

»Frieda, Sven und ich hatten auch immer Interesse an deiner Vergangenheit«, warf ich ein. »Manchmal hast du Bemerkungen über das Haus gemacht, und wenn wir nachgefragt haben, hast du alles abgebügelt. Immer hast du gesagt, wir leben im Hier und Jetzt, Ende der Diskussion.«

Frieda seufzte nachdenklich. »Ich habe tatsächlich mit ihm über Dinge gesprochen, die ich lange Zeit in mir vergraben hatte. Ich wollte wohl nicht daran erinnert werden. Der Krieg – keinem, wirklich keinem Menschen wünsche ich, dass er einen Krieg erleben muss. So grau-

envoll, so entsetzlich, so menschenverachtend. Furchtbar. Einfach nur furchtbar.«

Ich nahm Friedas Hände. Es tat mir leid, wie sehr sie
sich quälte, und ich spürte, wie schwer es ihr fiel, über
die Vergangenheit zu reden. Aber dann begann sie zu reden. Erst leise und langsam, doch so eindringlich, dass
ich alles vor meinem geistigen Auge sah.

32

Zum zweiten Mal an diesem Tag stellte Peter seine Maschine auf dem Polizeiparkplatz ab und ging nach oben.
Katrin kam ihm auf dem Flur entgegen. Sie schaute ihn
böse an, nickte und sagte kein Wort.

Peter holte tief Luft. »Tut mir leid, Katrin. Als ich gehört habe, dass Bärbel sich wegbeworben hat, habe ich
rot gesehen.«

»Ich dachte, das Rotsehen hättest du dir abgewöhnt«,
erwiderte sie schnippisch. »Mit deinen impulsiven Hand-
lungen bist du komplett falsch in diesem Beruf. Hat dir
das schon mal jemand gesagt? Ich dachte, du hättest was
dazugelernt. Irgendwie doch nicht, oder? Brauchst du
Gesprächsstunden bei Dr. Ganter? Soll ich einen Termin
für dich vereinbaren?«

Katrin war stinksauer. Peter überlegte, wie er sie be-
sänftigen konnte. Dass sie ihm mit dem Psychologen, Dr.
Ganter, drohte, war für ihn allerdings die Höchststrafe.

»Mensch Katrin, du hast ja recht! Es war falsch von mir, einfach abzuhauen. Ich bin irgendwo im Spessart mit meiner Maschine liegengeblieben und hatte keinen Empfang – sonst hätte ich dich doch längst angerufen!«

Katrin winkte ab. »Spar dir deine fadenscheinigen Ausreden!« Mit einem Blick auf die Uhr meinte sie: »Wenn du dann so weit wärst, könnten wir noch in den Odenwald fahren.«

Peter stutzte. »Wir wollten doch ins Saarland?«

Katrin lachte höhnisch auf. »Bis du aus dem Wald kommst, sind Bärbel und Steffen aus dem Saarland wieder hier, Mr Super-Bulle!«

»Ist ja gut jetzt. Ich brauche noch einen Kaffee, dann können wir losfahren.«

Katrin tippte sich an die Stirn. »Sag mal, geht's noch? Hast du vielleicht auch Hunger und willst erst was essen? Wir fahren jetzt los! Deinen Kaffee kannst du dir an der Autobahnraststätte holen – wenn wir auf dem Heimweg sind.«

Peter stapfte Katrin missmutig hinterher. Blöde Schnepfe, dachte er erbost. Lässt sich vom Staatsanwalt pimpern und denkt, wir kriegen es nicht mit. Dir würg ich auch noch mal eine rein, du karrieregeiles Biest.

Katrin setzte sich ans Steuer, und Peter beruhigte sich langsam wieder. Das Navi führte sie auf die Landstraße B45 und damit am Postcarré vorbei, einem Platz mit Restaurants, Einkaufsmöglichkeiten und einem Bäcker. Katrin parkte.

»So, da kannst du dir jetzt einen Kaffee holen und mir bitte einen mitbringen!«

»Du bist so eine blöde Kuh!«, sagte Peter, lachte dabei aber versöhnlich.

Katrin sah ihn an und verzog keine Miene. Peter seufzte. Katrin war nicht Bärbel. Bärbel verstand ihn, auch wenn er mal derbe war und blöde Sprüche abließ. Bärbel hatte Humor und hätte sofort gekontert. Katrin fehlte dieser Sinn für Späße ganz offensichtlich.

Er beeilte sich zu sagen: »Schon gut. Scherz.« Dann stieg er aus und holte in der Bäckerei zwei Kaffee im Pappbecher. Das wird was geben, dachte er, den ganzen Tag unterwegs mit dieser humorlosen Mutti. Plötzlich hielt er in der Bewegung inne. Ihm wurde klar, dass er in Zukunft noch öfter mit Katrin unterwegs sein würde, wenn sich Bärbel wirklich versetzen ließ. Dazu darf es nicht kommen!, dachte er. Ich bewerbe mich auch auf einen anderen Posten. Wenn erst Geppert, der alte Blödmann, aus dem Urlaub wieder da sein wird, und Bärbel war weg – na dann, gute Nacht.

Peter war während der ganzen Fahrt schlecht gelaunt und mürrisch. Er konnte sich auch nicht daran erfreuen, dass überall die letzten Geranien aus den Balkonkästen quollen, obwohl es nachts bereits empfindlich kühl war.

Die Mutter des Studenten öffnete ihnen die Haustür. Bei dem Anblick der Polizeiausweise und der Frage nach ihrem Sohn erstarrte sie.

»Ihrem Sohn ist nichts passiert«, beruhigte Katrin die Frau. »Wir haben nur ein paar Fragen.«

Die Frau fand ihre Stimme wieder und sagte: »Ei, dass dem nichts passiert ist, weiß ich. Der liegt krank im Bett. Hat er was ausgefressen, oder warum sind Sie hier?«

Katrin bat um Einlass. Die Frau führte die beiden Beamten ins Wohnzimmer und rief ihren Sohn aus der ersten Etage. Der kam auch gleich die Treppe runter. Er trug eine Pyjamahose, ein T-Shirt und um den Hals einen karierten Schal.

»Sind Sie wegen der M. M. hier?«, krächzte er. »Ich kann Ihnen auch nichts anderes sagen als meine Mitbewohner.«

Katrin fragte nach: »Wann wurden Sie denn von Ihren Mitbewohnern informiert?«

Der junge Mann sagte »Moment«, eilte nach oben und kam mit seinem Handy zurück. Er zeigte Katrin und Peter einen Chatverlauf. Auch Geoffrey aus dem Saarland hatte mitgeschrieben. Dann wollte der junge Mann wissen, wie seine Mitbewohnerin ums Leben gekommen war.

»Über die Todesursache dürfen wir wegen der laufenden Ermittlungen nicht sprechen«, sagte Katrin.

Die Mutter entlastete ihren Sohn sogleich: »Max war die ganze Woche hier bei uns! Den Arzt können Sie auch befragen, der ist extra für einen Hausbesuch gekommen!«

Sie begleitete Katrin und Peter nach draußen und schüttelte unentwegt den Kopf. »Es ist mir ja gar nicht recht, dass der Junge in Frankfurt studiert. Man hört ja so viel! Und jetzt noch der gewaltsame Tod einer Mitbewohnerin – da wird einem ja himmelsangst.«

Katrin und Peter reagierten nicht auf die Worte, verabschiedeten sich höflich und gingen zurück zum Auto.

»Was fürn Weichei! Ist ein bisschen krank und fährt

gleich heim zu Muttern. Zum Glück hat er es noch von Frankfurt hierher geschafft«, murmelte Peter.

Er bat Katrin, ordentlich Gas zu geben. Er war hin- und hergerissen. Sollte er Bärbel anrufen und nachfragen, was die Vernehmung im Saarland gebracht hatte, oder warten, bis sie sich in der Dienststelle trafen? Er entschied sich für Letzteres. Er wollte Bärbel auf dienstlichem Weg begegnen.

33

»Es war mitten in der Nacht. Wir wachten auf, weil es an der Wohnungstür klopfte. Vor Angst konnten wir kaum atmen, wir lauschten angestrengt. Mein kleiner Bruder und ich schliefen in einer winzigen Kammer. Unsere Betten standen an den gegenüberliegenden Wänden. Trotzdem war es so eng, dass wir in den Betten liegen und uns an den Händen halten konnten.

Wir hörten, wie die Eltern aufstanden. Der Vater fragte durch die geschlossene Wohnungstür, wer da sei. Dann ließ er einen Mann herein. Der Mann sprach sehr aufgeregt auf meine Eltern ein. Ich stand leise auf und öffnete vorsichtig die Tür zur Stube. Es war unser alter Hausarzt, Dr. Steinberger, der da mitten in der Nacht gekommen war und so aufgeregt redete. Wir hatten ihn schon lange nicht mehr zu Gesicht bekommen, denn seine Praxis am Luitpoldplatz hatte er schließen müssen. Die Eltern hatten uns erklärt, dass er Jude sei und deshalb nicht mehr praktizieren dürfe. Ich wusste nicht, was ein Jude war.

Unsere Mutter sollte am nächsten Tag zur Kur, sie war Diabetikerin. Ihren kleinen Koffer hatte sie schon lange gepackt. Sie freute sich sehr auf die Kur und war voller Hoffnung, dass sie danach gesund wiederkommen würde. Die ganzen letzten Tage war über nichts anderes gesprochen worden. Sie hatte mir gesagt, dass ich groß genug sei, um auf meinen kleinen Bruder aufzupassen. Was ich kochen sollte, während sie sich in der Kur erholte. Dabei gab es doch nichts, was man hätte kochen können, außer Brotsuppe, die gab es. Ich war gerade mal elf Jahre alt. Im Krieg war man da schon erwachsen.

Der Arzt warnte unseren Vater: ›Wenn Ihre Frau nach Bad Neuenahr zur Kur fährt, werden Sie sie nie wiedersehen. Von dort ist noch niemand zurückgekommen.‹

Unsere Eltern glaubten ihm nicht. Woher wollte der Arzt das wissen? Er war ein Jude, untergetaucht, lebte irgendwo versteckt. Unsere Mutter ließ sich nicht davon abbringen, zur Kur zu fahren. Sie war überzeugt, dass man alles für ihre Gesundheit unternehmen würde, damit sie für ihre Kinder da sein konnte. Zwei Tage später war sie tot.«

34

Auf der Rückfahrt sagte Katrin zu Peter: »Wir sollten Frieda Engel einen Besuch abstatten. Die Polizei wurde übrigens von einem öffentlichen Telefon am Bahnhof aus verständigt. Der Anrufer nannte sich Maier, das können wir bei der Anzahl von Maiers wohl schlecht checken. Ich möchte Frau Engel ja glauben, dass sie einen Anruf bekommen hat und in das Haus gelockt wurde. Die Überprüfung der Telefonverbindung dauert aber auch wieder ewig lang! Könntest du da noch mal nachfragen?«

Peter nickte. »Mach ich.«

Katrin sah auf die Uhr. »Wir könnten eine Kleinigkeit essen gehen. Danach müssten auch Bärbel und Steffen eingetrudelt sein. Dann bringen wir uns alle auf den neuesten Stand, anschließend fährst du mit Bärbel in die JVA zu Frieda Engel, und ihr befragt sie zu diesem angeblichen Anruf. Einverstanden?«

Peter sah Katrin von der Seite an und brummte: »Hm, meinetwegen.«

Nun wurde Katrin plötzlich energisch. »Jetzt mal Butter bei die Fische! Ich gebe dir hiermit offiziell die Anweisung, dich mit Bärbel auszusprechen. Ihr benehmt euch wie im Kindergarten. Ich möchte Bärbel nicht verlieren, wir brauchen sie im Team. Ja, ich weiß, du würdest auch abhauen, aber wegen Geppert. Bärbel hingegen hat sich nur wegen dir auf eine andere Stelle beworben. Das ist dir doch klar, oder?«

Peter dachte nach. Es stimmte schon, was Katrin sagte. So verkehrt war sie ja nicht. Er hatte nicht vergessen, dass sie und auch der Staatsanwalt zu ihm gehalten hatten, als der Blödmann Geppert ihn damals eingebuchtet hatte.

»Hast du mich verstanden, Peter? Ich will Bärbel nicht gehen lassen. Du bringst das endlich in Ordnung. Notfalls gebe ich euch morgen frei. Lass dir was einfallen.«

»Ist nicht so einfach«, murmelte Peter.

Katrin verdrehte die Augen. »Entschuldige, aber in dieser Hinsicht bist du ein Vollpfosten. Muss man dir denn alles vorkauen?«

»Katrin, lass gut sein. Das ist ganz allein meine Sache.«

Ihm war klar, dass er mit Bärbel reden musste. Und es würde das schwerste Gespräch werden, das Peter bisher hatte führen müssen.

35

»War mein Großvater nicht im Krieg?«, fragte ich Frieda.

Sie hob den Kopf und sah mich erstaunt an, gerade so, als wäre sie eben erst hier angekommen. »Nein. Er war nicht im Krieg. Ich weiß nicht, wieso. Er war Kommunist. Ich wusste damals auch nicht, was ein Kommunist ist. Nur, dass wir darüber nicht sprechen durften.«

»Wie ging es denn weiter, Frieda? Du und Vater wart doch Kinder! Wie alt war denn Vater? Er muss ja noch ein Baby gewesen sein! Und plötzlich ohne Mutter!«

»Ich ging weiter zur Schule. Wenn ich nach Hause kam, holte ich meinen kleinen Bruder bei der Nachbarin ab und kochte uns etwas zu essen. Bis mein Vater sagte, wir sollten in den Hofgarten zu den Freimaurern gehen. Da würde es für die Kinder umsonst zu essen geben. Von da an bin ich jeden Tag nach der Schule mit meinem kleinen Bruder dorthin. Besser als die Wassersuppe zu Hause war es allemal.«

Ich musste schlucken. Meine Frieda, die doch mehr eine Mutter für mich war als meine richtige Mutter. Die sich rührend um meinen Bruder und mich gekümmert, uns bekocht und betüddelt hatte, obwohl sie selbst so eine schreckliche Kindheit gehabt hatte!

Frieda fuhr fort: »Den ganzen Haushalt musste ich machen. Der Vater war nicht zu ertragen, streng war er schon immer gewesen, aber nach Mutters Tod wurde er zum Tyrannen. Wenn die Wäsche noch einen Fleck hatte oder er Staub auf dem Boden fand, brüllte und schimpfte er, dass es alle Nachbarn hörten. Einmal, ich werde es nie vergessen, es war der 26. Juli 1939, da kam Hitler zu den Wagner-Festspielen nach Bayreuth. *Tristan und Isolde* wurde aufgeführt. Wir gingen mit der Schule zum Festspielhaus, mussten uns an die Straße stellen und mit ausgestrecktem Arm ›Heil‹ rufen. Das hatte die Lehrerin vorher mit uns eingeübt. Ein Hakenkreuzfähnchen haben wir auch bekommen. Damit bin ich dann nach Hause, ich wollte das Fähnchen meinem Bruder schenken. Als Vater es sah und ich beichten musste, dass ich Hitler zugewinkt hatte, hat er mich grün und blau geschlagen.«

»Aber«, stotterte ich, »du konntest doch gar nichts dafür! Du warst noch ein Kind. Du wusstest doch nicht, was du tatest!«

»Nein, ich wusste es wirklich nicht. Mit zehn, elf, zwölf, da nimmst du das Leben so hin, wie es ist, und selbst wenn ich gewusst hätte, wem ich da zuwinkte – es war ja eine Schulveranstaltung.«

Nach einer längeren Pause, in der ich Frieda nicht drängen wollte, erzählte sie weiter: »Zum Jungmädelbund durfte ich auch nicht. Vater hat es mir nicht erlaubt. Alle meine Freundinnen waren dort. Sie bastelten und sangen Lieder. Ich wäre so gerne dabei gewesen! Aber ich musste ja auf meinen kleinen Bruder aufpassen. Eines Tages kamen Soldaten zu uns und befahlen meinem Vater, dass er mich zum Jungmädelbund gehen lassen müsse, sonst würden sie ihn erschießen.«

»Frieda, das hast du uns nie erzählt!«

Frieda nickte traurig. »Ab da blieb mein Bruder an den Tagen, wo ich mit meinen Freundinnen beim Jungmädelbund war, bei der Nachbarin. Die hatte selbst fünf oder sechs Kinder, da kam es auf eines mehr nicht an.«

Die Tür ging auf, und eine Justizvollzugsbeamtin stand davor. Ich zuckte zusammen. Ich war gedanklich so in den Kriegsjahren gefangen, dass ich vor der Uniform der Frau furchtbar erschrak.

»Besuchszeit ist zu Ende!«

»Aber wir sind noch gar nicht fertig!«, protestierte ich.

Die Frau blieb hart. »Ich habe Ihnen sowieso schon zehn Minuten länger gegeben. Jetzt ist Schluss.«

Ihre Aufforderung war eindeutig. Ich küsste Frieda auf die Stirn. »Wir reden morgen weiter!«

Wahrscheinlich ist die Ärmste furchtbar aufgewühlt, überlegte ich beim Verlassen des Gefängnisgebäudes. Sicher sind bei unseren Gesprächen über die Vergangenheit viele Gefühle hochgekommen.

An der frischen Luft drückte ich den Rücken durch, atmete in vollen Zügen ein und ging dann zu meinem Auto. Als Nächstes würde ich mit Amsel Gassi gehen, vielleicht bei Andreas vorbeischauen. Möglicherweise ließ er sich überreden, mit mir auswärts zu essen.

36

Katrin sah auf die Uhr und meinte: »Tja, lieber Kollege, wenn du nicht den halben Tag im Spessart verbracht hättest, könnten wir jetzt noch auf dem Wochenmarkt eine Bratwurst essen.« »Hm«, murmelte Peter, »bleibt noch das Tuc Tuc, Pizza oder Döner, was ist dir lieber?« Katrin überlegte nur kurz. »Lass uns das Auto an der Dienststelle parken und die paar Meter zum Tuc Tuc zu Fuß gehen.«

Die beiden liefen an den Schirmen aus Glas und Metall am neugestalteten Freiheitsplatz vorbei, an dem ihre Dienststelle direkt angrenzte. Die Schirme, die an den Busstationen vor Regen schützen sollten, waren genauso kontrovers von den Hanauer Bürgern diskutiert worden wie das Denkmal des Malers Moritz Daniel Oppenheim, welches der Stahlbildhauer Robert Schad errichtet hatte. »Was sagst du eigentlich zu dem Einkaufszentrum direkt vor unserer Tür?«, fragte Katrin. Peter zuckte gelangweilt mit den Schultern. Es interessierte ihn überhaupt nicht, was um ihn herum gebaut wurde. Er war mit seinen Gedanken bei Bärbel und fühlte sich innerlich zerrissen. Wäre es nicht vielleicht doch besser, wenn sich Bärbel in eine andere Dienststelle versetzen ließe? Diesen Gedanken hatte er schon einmal gehabt, lange vor seinem Urlaub. Er konnte sich einfach nicht vorstellen, wie es funktionieren sollte, wenn man ein Paar war und auch noch zusammenarbeitete.

Im Restaurant hatten sie einen Tisch ergattert, und Katrin sah Peter während des Essens prüfend an. Als hätte sie seine Gedanken gelesen, sagte sie: »Mach dir mal keine Sorgen, Peter. Ich weiß von meiner früheren Dienststelle, dass es auch gutgehen kann, wenn man mit seiner Liebsten zusammenarbeiten muss.«

»Ach ja?«, platzte Peter heraus. »Warst du da schon mit dem Staatsanwalt zusammen?«

Katrin erstarrte und hörte auf zu kauen. Peter schloss für einen Moment die Augen und dachte: Scheiße, Alter, einfach mal die Klappe halten. Er öffnete die Augen wieder und wartete ab, was Katrin tun würde. Sie kaute sehr langsam weiter, tupfte sich den Mund mit einer Papierserviette ab und fragte dann leise:

»Seit wann weißt du das?«

Peter zuckte mit den Schultern. »Schon ewig.«

Katrin nickte und kniff die Augen zusammen. »Und von wem weißt du es?«

Peter schüttelte den Kopf. »Von niemandem.«

Mit dieser Antwort gab sich Katrin nicht zufrieden. Peter wurde klar, dass sie Angst vor Gerüchten hatte und um ihren guten Ruf fürchtete.

»Kollegin, pass mal auf«, begann er. »Wie lange kennen wir uns? Wir arbeiten tage- und nächtelang zusammen an einem Fall. Da weiß man doch, wie der andere tickt. Du hast ja auch mitgekriegt, was zwischen Bärbel und mir läuft. Mach dir mal keine Gedanken. Das wissen wir, als Team, sonst niemand.«

Das mit dem Team hatte er wohlüberlegt erwähnt. Er wusste doch, wie sehr Katrin an einem guten Team festhielt. Fördert den Zusammenhalt, dachte er ein bisschen spöttisch. Als er Katrins immer noch sorgenvollen Blick wahrnahm, tätschelte er ihre Hand und wiederholte eindringlich: »Niemand sonst weiß es, Katrin. Glaub mir. In einem guten Team lässt sich so was nun mal nicht verbergen. Es bleibt unter uns. Darauf kannst du dich verlassen.«

37

Als ich Friedas Haustür aufschloss, war irgendwas anders. Es dauerte nur einen Sekundenbruchteil, bis ich wusste, was es war: Normalerweise sprang Amsel schwanzwedelnd auf und quetschte ihre Schnauze durch den Türspalt, sobald sich die Tür öffnete. Amsel war nicht da!

Ich rief in den Hausflur hinein: »Amsel? Wo bist du? Amsel!«

Mir wurde ganz bange – war Amsel krank? Hatte sie sich versteckt? Ich lief als Erstes in die Küche und erstarrte vor Schreck. Auf dem Küchentisch standen ein Topf und ein Teller. Ich hatte heute Morgen nur Kaffee getrunken und die Küche ordentlich aufgeräumt, bevor ich zu Frieda in den Knast gefahren war. Wer war im Haus? Frieda konnte es wohl kaum sein, weil ich ohne Umwege direkt hierhergekommen war. Ich konnte also ausschließen, dass man sie in der Zwischenzeit entlassen und sie es geschafft hatte, vor mir hier zu sein und auch noch zu kochen.

Ich drehte mich ängstlich um und lauschte ins Haus hinein. Nichts. Stille. Ich ging ganz langsam in den Flur und von dort ins Wohnzimmer. Draußen, vor der Terrassentür, saß Amsel, wedelte mit dem Schwanz und sah mich durch die Glasscheibe an. Ich hatte Amsel heute Morgen nicht in den Garten gelassen! Bevor ich zu Frieda ins Gefängnis gefahren war, war ich mit Amsel kurz im Wald gewesen. Und nach dem Gassigehen hatte ich den Dackel wieder ins Haus gebracht.

Ich war mir sicher, dass ich alle Türen und Fenster kontrolliert hatte, bevor ich losgefahren war. Das hatte mir Frieda eingeschärft, denn in letzter Zeit hatten sich die Einbrüche in der Hohen Tanne gehäuft.

Ich öffnete die Terrassentür, um Amsel reinzulassen, und rannte dann mit dem Hund durch die Haustür wieder raus auf die Straße. Ich griff mir unwillkürlich ans Herz, die andere Hand hielt ich vor meinen Mund. Mir war übel, mein Herz raste, und ich fühlte mich einer Ohnmacht nahe. Da war jemand im Haus! Jemand, den ich nicht kannte. Jemand, der sich einen Topf Suppe gekocht und Amsel im Garten ausgesperrt hatte. Wer war das gewesen?

38

Bei der Teambesprechung auf der Dienststelle fühlte Katrin sich unsicher. Sie war so darauf bedacht gewesen, dass niemand etwas von ihrem Verhältnis mit dem Staatsanwalt mitbekam. Es würde nur ein Verhältnis bleiben, das war ihr von Anfang an klar gewesen. Gerade deshalb hatte sie doch so darauf geachtet, dass es niemand erfuhr! Und nun wussten es alle. Ausgerechnet Peter, das Raubein, zeigte sich einfühlsam. Er drückte sie sanft am Arm und nickte ihr aufmunternd zu. Dann ging er zum Flipchart und schrieb die Namen der WG-Bewohner auf. Hinter *Max* notierte er: *Alibi, krank.* Sachlich wandte er sich an Bärbel: »Was hat die Fahrt ins Saarland ergeben?«

Bärbel sah zu Steffen. Er ergriff eifrig das Wort: »Wir haben von diesem Geoffrey eine DNA-Probe genommen und sie bereits ins Labor geschickt. Er wusste angeblich nichts von einer Schwangerschaft. Er verweilt wohl schon ein bisschen länger bei seinen Eltern, weil er nach eigenen Angaben eine Sinnkrise hat.«

»Ach so«, fuhr Peter dazwischen. »Ist klar, ne? Der Herr Student hat eine Sinnkrise – ist ja auch schlimm, was den jungen Leuten so zugemutet wird.«

Bärbel funkelte ihn streitlustig an. »Aber du! Du wusstest bestimmt schon mit 16, dass du zur Polizei gehen willst – und bist deinem Weg gefolgt, ohne jemals in Frage zu stellen, dass es der richtige ist!«

Katrin verdrehte die Augen. Manchmal konnte auch sie bissig werden: »Einigen wir uns darauf, statt ›Sinnkrise‹ ›Findungsphase‹ zu sagen. Wir sollten uns auf den Fall konzentrieren und uns nicht mit Haarspaltereien aufhalten. Sind alle damit einverstanden? Oder habt ihr noch mehr Bedarf an Therapiesitzungen? Soll ich Kräutertee kochen und Dr Ganter zu uns bitten?«

Steffen blickte irritiert. Er fühlte sich manchmal wie ein Kind, das die Erwachsenen nicht verstand. Worum ging es hier überhaupt? Irgendetwas lag in der Luft. Er beschloss, einfach weiterzureden:

»Also, Geoffrey zweifelt daran, dass das Informatikstudium das Richtige für ihn ist. Er ist nach Hause ins Saarland, um mit seinen Eltern darüber zu reden, dass er eigentlich lieber erst mal ein Jahr ins Ausland gehen möchte.«

Bärbel ergänzte: »Er sagt, seine ›Freundschaft plus‹ mit Malgorzata Mazur sei absolut einvernehmlich gewesen. Eine Schwangerschaft sei unwahrscheinlich, weil er immer Kondome benutzt und sehr genau aufgepasst habe. Er wusste, wie sie sich ihr Geld verdiente, sagt aber auch, sie habe ihm wiederholt versichert, dass sie sich nur fotografieren lasse und dass Sex bei ihren Jobs als Model keine Rolle spiele. Was mir angesichts der Schwangerschaft etwas fragwürdig erscheint. Geoffrey sagt, Malgorzata Mazur habe ihm vor seiner Abreise ins Saarland erzählt, dass sie einen dicken Fisch an der Angel habe, der sehr großzügig sei, und dass sie sich von dem Geld, das sie von dem Herrn bekomme, locker ihr Studium finanzieren könne.«

»Hört sich glaubwürdig an«, meinte Katrin. »Warten wir den DNA-Test ab. Anschließend machen wir einen DNA-Test bei Herrn Wittibert.«

»Sollten wir gleich machen!«, brummte Peter. »Ihr wisst, dass eine DNA-Analyse mindestens drei Tage lang dauert.«

»Und wenn der auch nicht der Vater von Malgorzatas Kind ist?«, fragte Bärbel. Niemand antwortete ihr auf diese Frage.

39

Ich stand völlig verschreckt auf der Straße. Mein Herz raste immer noch. Ich zog mein Handy aus der Hosentasche und war gerade im Begriff, die Polizei anzurufen, da kam plötzlich ein Mann freundlich winkend auf mich zu. Hans Gruber war mit wenigen Schritten bei mir und legte in alter Manier die Hand an den Hut.

»Guten Tag, junges Fräulein! Ich wollte mich nach Frieda erkundigen. Gibt es etwas Neues? Ist sie zu Hause?«

Ich konnte nur den Kopf schütteln. Er musterte mich prüfend.

»Ist alles in Ordnung? Sie sehen aus, als hätten Sie einen Geist gesehen.«

Ich antwortete stockend: »Das habe ich in der Tat. Es war jemand im Haus und hat Suppe gekocht!«

Er bedachte mich mit einem zweifelnden Blick. Dann fragte er: »Also ist Frieda wieder da?«

Er verstand mich nicht! Kein Wunder. Die Aussage, jemand wäre im Haus gewesen und hätte Suppe gekocht, hörte sich auch ziemlich dämlich an.

»Nein. Das ist es ja. Frieda ist nicht da. Es muss ein Einbrecher gewesen sein.«

Hans Gruber zog die Stirn in Falten. »Ein Einbrecher? Der würde sich wohl kaum was kochen!«

Ich zuckte mit den Schultern. Wir standen eine Weile schweigend da, dann fragte er mich:

»Haben Sie Angst reinzugehen, oder warum stehen Sie auf der Straße?«

Wortlos nickte ich, und er legte seine Hand auf meinen Arm.

»Passen Sie auf, junges Fräulein! Ich gehe ins Haus, mit Ihrer Erlaubnis natürlich, und sehe nach dem Rechten.«

Ich nickte. Das war mir sehr lieb! Ich hätte mich alleine nicht noch mal hineingewagt. Meine Angst, dass hinter einer Tür jemand stehen und mir eins über den Schädel ziehen könnte, war zu groß. Frieda erzählte mir schließlich ständig von den Einbrüchen in Hanau. Doch dann kam ich ins Grübeln: Hans Gruber war nicht mehr der Jüngste. Ich wollte nicht dafür verantwortlich sein, wenn er von einem Einbrecher niedergeschlagen würde.

»Ich wollte gerade die Polizei anrufen«, teilte ich ihm mit. »Sie müssen da nicht rein.«

Er machte eine wegwerfende Handbewegung und ließ

seinem Unmut freien Lauf: »Polizei! Pfft. Sperren eine ältere Dame ins Gefängnis. Das können diese Idioten! Lassen Sie mich drinnen nachsehen, und Sie schauen von außen, ob es irgendwo Einbruchspuren gibt. Wenn es nämlich keine gibt, würde die Polizei Sie nur auslachen!«

Hm, da könnte der Mann recht haben. Er marschierte stramm und mit aufrechter Haltung ins Haus, während ich leise außen herum schlich. Ich überprüfte jedes Fenster und die Terrassentür. Nichts. Alles verschlossen, so wie ich es heute Morgen hinterlassen hatte. Vor der Haustür wartete ich noch eine Weile, bis Hans Gruber wieder aus dem Haus kam.

»Es ist niemand drin!«, rief er. »Sie sind sich ganz sicher, dass Sie nicht vielleicht doch aus Versehen die Tür oder ein Fenster offen gelassen haben?«

»Habe ich nicht!«, antwortete ich trotzig.

Hans Gruber nickte verständnisvoll. »War nur eine Frage. Sie müssen auf jeden Fall überprüfen, ob irgendetwas fehlt. Wenn Sie möchten, bleibe ich so lange bei Ihnen.«

40

Es war schon spät, als die Beamten gemeinsam den Besprechungsraum verließen. Katrin meinte, der Tag sei anstrengend genug gewesen, es würde für heute reichen, und alle sollten sich ausschlafen.

Auf der Treppe raunte Peter Bärbel leise zu: »Kann ich

mit dir reden? Können wir irgendwohin, wo es ruhig ist? Bist du mit der Schlossterrasse einverstanden?«

Bärbel nickte stumm.

Zusammen fuhren sie auf der Philippsruher Allee auf das Barockschloss nach französischem Vorbild zu. Links vor dem prachtvollen schmiedeeisernen Tor mit den goldenen Verzierungen stellte Bärbel ihren Kleinwagen auf dem Parkplatz ab. Die beiden liefen schweigend durch das offene Tor und an dem Springbrunnen vorbei. Sie gingen direkt auf das Schloss zu und schlugen dann den schmalen Weg ein, der auf die Terrasse in Richtung Main führte. Sie setzten sich an einen Tisch an der Brüstung und blickten auf den ruhig dahinströmenden Fluss und auf die kleinen Wellen, die ein vorbeifahrendes Frachtschiff erzeugte. Manche Laubbäume am Ufer waren dieses Jahr schon früh dran und schickten ihre gelben Blätter mit dem Main auf die Reise, während andere Bäume noch in sattem Grün standen.

»Du, Peter ...«, fing Bärbel an. Sie wollte erklären, was sie dazu veranlasst hatte, sich bei einer anderen Dienststelle zu bewerben. Weiter kam sie jedoch nicht, denn er unterbrach sie:

»Lass erst mich, bitte!«

Bärbel seufzte und ließ ihn.

Peter nahm sich Zeit, er suchte nach den richtigen Worten und blickte in die Baumkronen am gegenüberliegenden Ufer. Er hatte sich schon auf der Fahrt überlegt, was er sagen wollte, aber jetzt kam ihm keiner seiner vorformulierten Sätze über die Lippen. Er sah Bärbel unvermittelt an, und sein Atem stockte. Wie schön sie war! Ihre wilden Locken, von denen sie immer eine Strähne um den Finger wickelte, wenn sie nachdachte. Ihre zarten Lippen, die hellwachen Augen. Peter wollte mit seiner Erklärung ganz vorne anfangen, lange vor seinem Urlaub: bei dem Kuss auf der Treppe. Er wollte sich für sein Verhalten damals entschuldigen. Er wollte Bärbel sagen, was ihm in Kalifornien klargeworden war. Nun saß er vor ihr und bekam kein Wort raus.

Der Kellner kam an den Tisch und fragte: »Was kann ich Ihnen bringen?«

Bärbel, die schon lange darauf wartete, dass Peter endlich zu sprechen anfing, sagte: »Ein Gesprächsthema, bitte!«

Peter verdrehte die Augen und sagte zum Kellner: »Bringen Sie zwei Gläser Champagner!«

Der Kellner entfernte sich, um kurz darauf mit der Nachricht zurückzukehren, dass es keinen offenen Champagner gebe, aber Sekt könne er anbieten.

Peter schluckte, atmete tief ein, sah den jungen Kellner grimmig an und sagte dann langsam und bedrohlich: »Dann bringen Sie eben Sekt.« Der junge Angestellte trat eilig zwei Schritte zurück. Bärbel musste grinsen. Das konnte Peter gut: gefährlich wirken.

Er besann sich aber gleich wieder, wandte sich ihr zu und fing endlich zu reden an. »Bärbel. Es ist einiges nicht gut gelaufen zwischen uns. Mir ist in Kalifornien klargeworden, was ich für dich fühle und dass ich dich brauche. Hier drin.« Dabei klopfte er mit der geballten rechten Faust auf seine Brust. »Glaub mir bitte, ich wusste nicht, dass Melanie am Flughafen auftauchen würde. Ich hatte keinen Kontakt zu ihr. Ich schwöre es dir! Warum ist das so wichtig für dich? Warum stellst du alles zwischen uns in Frage, nur weil meine Ex aufgetaucht ist?«

Bärbel nickte stumm und kaute auf ihrer Unterlippe. Sie konnte ihm darauf keine Antwort geben. Sie wusste selbst nicht, warum Melanies Auftauchen sie so aus der Fassung gebracht hatte. Sie öffnete den Mund, um zu antworten, und schloss ihn mit einem Seufzen wieder.

Peter wartete mit vorgebeugtem Oberkörper auf eine Antwort. Der Kellner trat an den Tisch und stellte die Sektgläser ab. Bevor der Ärmste etwas sagen konnte, scheuchte Peter ihn mit einer Handbewegung weg, ohne ihn eines Blickes zu würdigen. Sein Blick ruhte auf Bärbel, die immer noch schwieg.

41

Hans Gruber ging mit mir ins Haus und sagte freundlich: »Sie müssen keine Angst haben, ich bin bei Ihnen. Schauen Sie sich um, und kontrollieren Sie in Ruhe, ob irgendwas fehlt oder Ihnen komisch vorkommt. Ich mache mich in der Zwischenzeit nützlich und räume die Küche auf. Wenn der Topf und der Teller weg sind, werden Sie nicht mehr daran erinnert, dass überhaupt jemand hier war.«

Ich musste zugeben, die Anwesenheit des älteren

Herrn beruhigte mich ungemein. Zuerst ging ich ins Wohnzimmer und kontrollierte die Schubladen. Friedas altes Silberbesteck, das nur zu Festtagen auf den Tisch kam und regelmäßig zum Polieren aus dem Schrank geholt wurde, war da. Ebenso ihre Schmuckschatulle oben im Schlafzimmer. Sie besaß eine kleine Kassette aus rotem Metall, in der sie ihr Sparbuch und ein wenig Bargeld aufbewahrte. Auch die war unberührt. Die Ordner mit ihren Unterlagen standen ordentlich beschriftet in ihrem alten Sekretär.

Als ich die Küche betrat, war Hans Gruber fertig mit Spülen und wischte noch den Tisch ab.

»Sehen Sie, junges Fräulein, die Welt ist wieder in Ordnung!«

Ich schüttelte den Kopf. »Danke, Herr Gruber, dass Sie gespült und aufgeräumt haben – trotzdem werde ich den Topf und den Teller nie mehr benutzen können. Alleine bei der Vorstellung, dass ein Unbekannter diese Sachen in den Händen hatte, läuft es mir eiskalt den Rücken runter! Ich werde den Schlüsseldienst anrufen und neue Schlösser einbauen lassen. Sonst werde ich in diesem Haus kein Auge mehr zumachen.«

Er nickte verständnisvoll. »Ich kann sehr gut verstehen, dass Sie beunruhigt sind. Aber vielleicht gibt es eine harmlose Erklärung für alles. Sehen Sie, ein Einbrecher kann es nicht gewesen sein, denn der hätte das Haus nach Wertgegenständen durchsucht. Vielleicht haben Sie einfach vergessen, die Tür hinter sich zuzuziehen. Mir ist das auch schon ein paarmal passiert. Bestimmt hat ein Streuner die offene Tür gesehen und sich bei einer Suppe

aufgewärmt. Der wird nie wiederkommen! Schlüssel-
dienste sind teuer, ich denke, das Geld können Sie sich
sparen.«

Sollte ich wirklich vergessen haben, die Tür zu schließen? War Amsel dann durch die Haustür rausgelaufen
und ums Haus herum, weil sie gedacht hatte, sie würde
hinten wieder reinkommen? War die Tür von alleine ins
Schloss gefallen, oder hatte sie jemand zugezogen?

Ich bat Herrn Gruber, Platz zu nehmen, und bot ihm
einen Tee an. Dann entschuldigte ich mich kurz, flitzte
raus und klingelte bei den Nachbarn. Auch bei den Nachbarn, deren Kinder mir mit ihren Wasserpistolen quasi
den Krieg erklärt hatten. Alle schüttelten den Kopf, ihnen war niemand aufgefallen. Gegenüber bei Wittibert
wollte ich nicht fragen. Ich machte ihn dafür verantwortlich, dass meine Frieda im Knast saß. Für mich war er der
Mörder. Er hatte Frieda seinen Hausschlüssel aufgenö-
tigt und sie dann in die Falle gelockt. Davon war ich überzeugt.

42

Peters Handy klingelte. Er wollte den Blick zwar nicht
von Bärbel lösen, aber es war dienstlich. Er hatte Katrin
einen eigenen Klingelton zugewiesen, deshalb wusste er,
wer anrief. Er meldete sich mit einem »Ja«.

»Wie läuft es mit Bärbel?«, fragte Katrin.

»Du störst«.

Katrin freute sich hörbar über diese Nachricht, sie gluckste vergnügt. Dann erklärte sie: »Ich unterbreche dich wirklich nur ungern, und ich weiß auch, wie spät es ist, aber ich wollte mitteilen, dass sich die Telefongesellschaft endlich gemeldet hat. Frau Engel wurde zur fraglichen Zeit tatsächlich angerufen. Von einem Prepaid-Handy aus, keine Chance, den Anrufer zu identifizieren. Es ist also nicht unwahrscheinlich, dass sie wirklich in Wittiberts Haus gelockt wurde. Allerdings kommt sie auch dann noch als Täterin in Frage. Morgen früh geht ihr bitte als Erstes zu ihr. Sie soll nachdenken, ob sie sich an den genauen Wortlaut erinnert oder an irgendwelche Nebengeräusche, damit wir so vielleicht den Anrufer identifizieren können. Und dir gutes Gelingen.« Mit diesen Worten legte Katrin auf.

Bärbel blickte Peter fragend an. Er winkte ab und murmelte: »Ist nicht wichtig, hat Zeit bis morgen.«

Peter spürte den Kampf, den Bärbel mit sich auszufechten schien. Er wollte sie nicht drängen.

Bärbel bebte innerlich. Natürlich hatte Peter recht! Es war albern von ihr gewesen, sauer auf ihn zu sein, weil seine Ex am Flughafen aufgetaucht war. Selbst wenn Peter Melanie angerufen haben sollte, um sich abholen zu lassen. Das wäre unter ehemaligen Eheleuten eigentlich eine Selbstverständlichkeit. Außerdem wäre es wirklich schön, wenn Peter endlich ein freundschaftliches Verhältnis zu seiner Geschiedenen aufbauen könnte. Bärbel war ihr Verhalten mittlerweile richtig peinlich.

»Peter«, fing sie an, »ich muss mich bei dir entschuldigen. Du hast mich vor deinem Urlaub verletzt, deshalb habe ich mich zurückgezogen. Und als ich dich am Flughafen abholen wollte und Melanie aufgetaucht ist ... Es war dumm von mir, einfach abzuhauen. Ich habe mich verhalten wie ein eifersüchtiger Teenager.« Sie schlug die Hände vors Gesicht und murmelte: »Es ist mir so peinlich!«

Peter stand auf und setzte sich neben Bärbel auf die Bank. Er zog sanft ihre Hände von ihrem Gesicht, hielt sie umschlossen und sagte eindringlich:

»Der Einzige, der sich peinlich benommen hat, war ich. Du musst dich nicht entschuldigen. Für nichts. Ich liebe dich. Und ich war die ganze Zeit so blind! Ich bin ein Idiot gewesen, und ich muss mich bei dir für mein dämliches Verhalten entschuldigen.«

Er umarmte Bärbel und sog tief den blumigen Geruch ihrer Locken ein. Bärbel schob Peter ein bisschen von sich weg, um ihm in die Augen sehen zu können.

»Und du bist mir nicht böse, weil ich mich woanders beworben habe?«

Liebevoll strich er ihr die Locken aus der Stirn. »Ich bin dir nicht böse. Warum auch? Ich war nur im ersten Moment sauer, weil du nicht mit mir über die Bewerbung gesprochen hast. Ist schon vergessen. Natürlich hätte ich es lieber, wenn du im K11 weitermachst, aber wenn du ein gutes Angebot bekommst – warum nicht. Hauptsache, du bleibst bei mir. Ich lasse dich jedenfalls nie mehr los – egal, wohin es dich verschlägt.«

Bärbel konnte darauf nichts erwidern, weil Peter sie umarmte und küsste.

43

Nachdem ich mit Herrn Gruber beim Tee ein bisschen geplaudert und er sich mit Grüßen an Frieda und einer Packung Kekse für sie verabschiedet hatte, ging ich mit Amsel in den nahe gelegenen Wald. Ich war unruhig, drehte mich bestimmt 345 Mal um und wollte Friedas Haus nicht aus den Augen lassen. Ich glaubte nicht an einen Landstreicher, der sich eine Suppe gekocht hatte. Ich war überzeugt, dass Wittibert dahintersteckte. Aber wozu sollte so ein reicher Typ Friedas kleine Küche benutzen? Das passte alles nicht zusammen. Eilig lief ich genau fünf Schritte in den Wald und rannte sofort wieder zurück auf die Straße, immer mit Blick auf das Haus. Amsel war völlig verwirrt. Sie blieb stehen, stemmte sich in die Leine und protestierte mit einem kurzen Bellen.

Ich beugte mich zu ihr, streichelte sie und sagte: »Ich kann unmöglich die Nacht in Friedas Haus verbringen. Was machen wir mit dir? Kommst du mit nach Sachsenhausen? Versprichst du mir, nicht ins Auto zu kotzen?«

Doch da kam mir eine bessere Idee in den Sinn. Eine sehr verwegene! In diesem Moment klingelte mein Handy. Meine Eso-Freundin. Die Eltern meiner Freundin waren genauso schräg drauf wie sie selbst. Die fanden es bei ihrer Geburt nämlich wahnsinnig witzig, ihrem Kind mit dem Nachnamen Müller den Vornamen Gretchen zu geben. Neuerdings nannte sie sich allerdings Lunanera. Ich freute mich aufrichtig über ihren Anruf und berichtete ihr alles: Von Friedas Verhaftung, von dem stinkreichen Nachbarn, in dessen Haus Frieda angeblich eine junge Frau ermordet haben sollte, von der unheimlichen Suppe und auch, dass ich mich nicht mehr in Friedas Haus traute. Gretchen-Lunanera hatte natürlich sofort eine Lösung parat. Sie flötete ins Telefon:

»Meine liebe Lena! Ich habe gefühlt, in welcher bösen Lage du steckst! Ich war schon die ganzen letzten Tage so unruhig. Du weißt ja, ich bin extrem hellfühlig und spüre immer, wenn irgendwas nicht in Ordnung ist. Ich komme und reinige das Haus von den bösen Energien. Dann kannst du ruhig schlafen, und das Grauen wird dich nicht mehr heimsuchen. Mit deiner Tante ist das allerdings etwas schwieriger. Die hat irgendwie ein ganz mieses Karma, da muss etwas im Ungleichgewicht sein. Das werde ich auch noch bearbeiten. Bis gleich!« Damit legte sie auf.

Mist! Hatte ich doch den verwegenen wie genialen Gedanken gehabt, einfach Andreas zu fragen, ob ich bei ihm übernachten könnte. Das wäre die Gelegenheit gewesen! So ganz unverdächtig, ohne meine Absichten allzu deutlich zu machen. Alles Weitere hätte man dann abwarten können. Nun galt es, Gretchen-Lunanera davon abzuhalten hierherzukommen. Hastig rief ich sie zurück. Keine Chance, sie ging natürlich nicht ran. Ich besprach ihre Mailbox und wusste schon, sie würde hier anreisen und dann ganz erstaunt ausrufen: Ach, die Mailbox habe ich gar nicht mehr abgehört!

Und genau so kam es dann auch.

44

»Über Nacht gab es leider keine neuen Erkenntnisse im Fall Malgorzata Mazur. Die Ergebnisse des DNA-Abgleichs sind immer noch nicht da. Steffen, du hakst da bitte mal im Labor nach.« Katrins Blick ruhte für einen Moment auf Bärbel und Peter, bevor sie fragte: »Peter, Bärbel – was hat Frau Engel heute Morgen gesagt?«

Bärbel blickte fragend von ihren Unterlagen hoch.

»Ihr wart doch heute Morgen bei Frau Engel, oder?«

»Sollten wir das? Warum?« Bärbel war vollkommen überrascht.

»Das habe ich gestern mit Peter besprochen!« Katrin klang enttäuscht. Sie sah Bärbel an. »Frieda Engel wurde tatsächlich kurz vor ihrer Verhaftung angerufen. *Das* habe ich Peter gestern auch mitgeteilt. Das Einzige, was wir wissen, ist, dass der Anruf von einem Prepaid-Handy aus erfolgte. Eingewählt war das Telefon in der Funkzelle im Bereich von Wilhelmsbad. Ihr solltet Frau Engel noch mal befragen, ob sie eine Ahnung hat, wer sie angerufen haben könnte. Wittibert kann es nicht gewesen sein. Er hat ein wasserdichtes Alibi.«

Peter sah Katrin an und entschuldigte sich gut gelaunt: »Sorry, aber mir ist etwas sehr, sehr Wichtiges dazwischengekommen!« Sein Blick wanderte zu Bärbel und blieb bei ihr hängen.

Katrin pfiff leise durch die Zähne. »Ah – verstehe. Na ja, nicht so schlimm. Frau Engel können wir auch gleich nach der Besprechung befragen.«

Steffen war irritiert. Er hatte wieder das Gefühl, dass es um etwas ging, was er nicht verstand. Alle waren irgendwie eingeweiht, nur er nicht. Er schob den Gedanken weg. Hier ging es um den Fall, deshalb meldete er sich zu Wort, während Katrin, Peter und Bärbel zufrieden grinsten, als wären sie alle drei zusammen in einen Honigtopf gefallen.

»Nehmen wir an, es war einer der Studenten oder auch alle gemeinsam. Wieso hätten sie Frieda Engel anrufen und sie zum Tatort locken sollen? Es ist nicht davon auszugehen, dass sie überhaupt von ihrer Existenz wussten.«

Katrin zuckte mit den Schultern. »Die Studenten haben ja auch ein Alibi, oder? Zumindest dieser Max, der krank war, und Geoffrey mit seiner Sinnkrise. Was ist mit den anderen beiden? Peter?«

Peter war unaufmerksam gewesen und zuckte zusammen, als Katrin seinen Namen nannte. »Ja, die müssen wir noch mal befragen – aber die waren es nicht.« Er kratzte sich hinterm Ohr und fuhr fort: »Eigentlich bleibt nur Frau Wittibert. Wir wissen nicht, wie der Kontakt zwischen den Eheleuten war. Was ist, wenn Wittibert seiner Frau erzählt hat, dass er Vater wird? Ursula Wittibert könnte durchgedreht sein. Sie hat schließlich massive Probleme mit dem Älterwerden, und ihr Noch-Ehemann hat sich eine Jüngere genommen. Meint ihr nicht, dass das ein Motiv ist?«

Bärbel überlegte laut: »Und Frau Wittibert ruft Frieda Engel an, um von sich abzulenken. Könnte sein.«

Steffen klackerte mit seinem Kugelschreiber und

schüttelte den Kopf. »Nee, nee, nee. Das will mir nicht einleuchten. Woher sollte Frau Wittibert Frieda Engel kennen?«

Peter zuckte mit den Schultern. »Die Wittibert brauchte Frau Engel für den Lockanruf doch gar nicht persönlich zu kennen. Ihr Mann hatte ihr vielleicht erzählt, dass seine Nachbarin – und ausgerechnet die, die seinen Schlüssel hat – gegen ihn vorgehen wollte. Diese Information hätte Frau Wittibert gereicht, um eine falsche Fährte zu legen.«

Katrin nickte. »Das hört sich plausibel an. Peter, Bärbel – fahrt bitte nach Frankfurt, und nehmt Frau Wittibert in die Zange. Wenn sie zickt, bringt sie gleich mit, dann lassen wir sie hier ein bisschen schmoren. Ich werde mit Steffen zu Frau Engel fahren.« Damit raffte Katrin ihre Papiere zusammen und erhob sich. Beim Rausgehen drehte sie sich noch mal um. »Unser Chef kommt in einer Woche wieder. Ich würde ihm gerne Erfolge präsentieren!«

Peter verzog das Gesicht und sagte zu Bärbel: »Dann lass uns mal fahren. Privates muss bei dieser Fahrt leider außen vor bleiben.«

»Wird wohl das Beste sein«, antwortete Bärbel lachend.

45

Morgens riss ich zuerst alle Fenster auf. Gretchen alias Lunanera hatte am Abend im ganzen Haus Räucherstäbchen angezündet und irgendwelche Gegenstände aufgestellt. Dann war sie murmelnd durch alle Räume gegangen. Mitten in der Küche blieb sie mit einem prüfenden Blick stehen und meinte, dass sie energetische Störungen wahrnähme und den Eindringling deutlich spüren könnte. Sie zündete noch mehr Räucherstäbchen an und murmelte vor dem Geschirrschrank und dem Herd besonders laut. Danach, so war sie überzeugt, wäre das Haus gereinigt und mit einem Schutzschild gegen Einbrecher ausgestattet.

Trotzdem stellte sie Stühle vor die Haustür und die Terrassentür, damit wir wach würden, falls jemand versuchen sollte, ins Haus zu kommen. Sie hatte nach einer Flasche Wein, die wir uns geteilt hatten, im zweiten kleinen Zimmer geschlafen. Dort übernachtete sonst mein Bruder Sven, wenn er mal hier war. Um sechs Uhr morgens war sie zur Arbeit nach Frankfurt aufgebrochen. Und ich fuhr, nach ausgiebigem Lüften, einem Frühstück und einer Runde mit Amsel, wieder ins Gefängnis zu Frieda. Vorher packte ich noch die Kekse ein, die mir Hans Gruber für sie mitgegeben hatte.

Frieda war gut gelaunt, als ich bei ihr ankam. Endlich hatte die Polizei herausgefunden, dass sie tatsächlich angerufen worden war. Auch wenn immer noch einiges gegen sie sprach, wollten die Beamten, die am Morgen bei ihr gewesen waren, alles für ihre baldige Entlassung tun. Ich freute mich mit Frieda und drückte sie fest an mich. Dann setzten wir uns an den kleinen Tisch und aßen die Kekse. Die hatte ich nur mit reinnehmen dürfen, weil ich die Beamten am Eingang überzeugen konnte, dass Frieda sonst verhungern würde. »Ausnahmsweise«, hatte ein Schließer gebrummt, »und nur weil Ihre Tante so alt ist!«

Nun wollte ich mehr über Friedas Kindheit wissen. Zögerlich setzte sie ihren Bericht fort:

»Eines Tages saß ich im Hofgarten alleine auf einer Bank. Ich war zu spät zur Essensausgabe gekommen und hatte nichts mehr abgekriegt. Der Hunger nagte an mir, ebenso die Trauer um meine Mutter. Mein Vater wurde immer schlimmer und schlug mich täglich. Ich weinte. Aus dem Haus der Freimaurer kam ein eleganter Herr und fragte, was mich so quälte. In meiner Verzweiflung rief ich: ›Wo ist Gott? Wer ist Gott denn, dass er mir das antut?‹

Der Mann setzte sich neben mich, zeigte auf die Pflanzen ringsum und sagte: ›Schau Mädele, das alles ist Gott, jede Blume, jeder Stein und jedes Tier. Versuche, darin Trost zu finden.‹ Er fragte nach dem Grund meiner Tränen, und ich habe ihm alles erzählt, auch, dass mich mein Vater täglich schlug. Er fragte nach meinem Namen und wo ich wohnte.

Am nächsten Tag sprach der Mann bei meinem Vater vor. Er wollte mich bei sich aufnehmen und mich ausbilden lassen. Seine Frau brauchte noch Hilfe mit den kleinen Kindern und dem großen Haushalt. Mein Vater schickte mich nur zu gern weg, so hatte er ein Balg weniger, das er sattkriegen musste.

Es war ein feines Haus, in dem ich in den Dienst trat. Der Hausherr, Herr Berthold, führte eine Apotheke, und ich merkte bald, dass er zu jedermann freundlich war. Soldaten boten ihm Hasen an, die sie geschossen hatten, um an etwas Geld zu kommen. Herr Berthold kaufte ihnen gutmütig alles ab. Die gnädige Frau rührte jedoch keinen Hasenbraten an. Da hatten wir Dienstboten immer ein Festessen! Im Gegensatz zu ihrem Mann war die Dame des Hauses nie freundlich zu mir. Sie hatte immer etwas auszusetzen und zu tadeln, nichts war ihr gut genug, egal, was ich tat. Die ältere Schwester des Apothekers lebte auch im Haus, sie war gütig und warmherzig. Aber die Spannungen zwischen der gnädigen Frau und ihrer Schwägerin ließen sich nicht verbergen. Ständig gab es Streit zwischen den beiden Frauen. Als der Krieg vorbei war, zog die ledige Anna Berthold hierher nach Hanau und nahm mich mit. Und weil sie so ein gutes Herz hatte, nahm sie auch meinen kleinen Bruder auf, der sehr unter unserem gewalttätigen Vater litt. Ich machte Frau Berthold den Haushalt und leistete ihr Gesellschaft. Sie sorgte dafür, dass mein Bruder – dein Vater – eine gute Schule besuchen und studieren konnte. Anna Berthold wurde schwer krank, und ich pflegte sie bis zu ihrem Tod. Das Haus hat sie mir vererbt, und für eine kleine Rente hatte sie auch gesorgt.

Es waren keine einfachen Zeiten. Und wenn mir einer erzählen will, früher wäre alles besser gewesen, dann hat er dieses Früher nicht erlebt.«

46

Auf dem Weg nach Frankfurt waren Peter und Bärbel entspannt und gelöst, als wäre eine zentnerschwere Last von ihnen abgefallen. An der ersten roten Ampel griff Peter nach Bärbels Hand und führte sie an seine Lippen. »Danke für die schönste Nacht meines Lebens«, murmelte er leise.

Bärbel lachte vergnügt. »Peter, du wirst dich doch jetzt nicht etwa zum Charmebolzen entwickeln?«

Er spielte den Gekränkten. »Was heißt hier entwickeln? Charme ist mein zweiter Vorname!«

An jeder weiteren roten Ampel schauten sie sich um, ob sie gesehen wurden, dann gaben sie sich schnell einen Kuss.

»Was Geppert wohl dazu sagen würde, wenn er uns so sehen könnte?«, fragte Bärbel, und sie mussten beide grinsen.

Gekonnt äffte Peter ihren Chef nach: »Wir sind hier bei der Polizei und nicht zum Vergnügen! Küssen steht unter Strafe!«

Während der gesamten Autofahrt alberten sie herum, bis sie bei Frau Wittibert ankamen.

Die Hausherrin öffnete ihnen persönlich die Tür. Wie immer top gestylt und mit rosa Lippenstift. Trotz der nebligen Herbstkälte trug sie einen knappen Minirock und hohe Schuhe. Bärbels kritischer Blick fiel auf ihre durchtrainierten Beine. Tatsächlich, Ursula Wittibert trug keine Strumpfhosen. Kein Wunder, denn im Haus

war es so warm, dass Peter und Bärbel sofort Schweiß-
ausbrüche bekamen.

»Warum haben Sie sich eigentlich nicht scheiden lassen?«, stieg Peter unvermittelt in die Befragung ein.

Ursula Wittibert verzog das Gesicht, soweit es ihr
möglich war. »Mein Bärli will sich nicht scheiden lassen.
Eine Scheidung wäre viel zu teuer für ihn. Das Haus und
die Hälfte der Firma würden sowieso mir zugesprochen.
Wenn ich darauf bestehen würde, dass er mich ausbe-
zahlt, könnte er dichtmachen. So wie es jetzt läuft, ist es
am besten. Finanziell, versteht sich.«

Bärbel fragte streng nach: »Finanziell? Und sonst? Haben Sie denn nur aus finanziellen Gründen geheiratet?«

Frau Wittibert lachte höhnisch auf. »Du meine Güte,
sind Sie naiv. Glauben Sie etwa noch an Liebe?«

Bärbel musste schlucken. Was bildete sich diese blöde
Kuh eigentlich ein?

»Woran ich glaube oder nicht, lassen Sie mal meine
Sorge sein. Ich nehme Sie hiermit fest wegen dringenden
Tatverdachts im Mordfall Malgorzata Mazur. Sie dürfen
selbstverständlich Ihren Anwalt benachrichtigen und,
ich will mal nicht so sein, auch etwas anderes anziehen.
Ihr Minirock könnte im Frauenknast vielleicht *zu* gut
ankommen.« Den letzten Satz sagte Bärbel voller Hohn.

Peter schaute sie erstaunt an. Sie sollten Frau Wittibert
lediglich verhören. Nur falls sie zickig geworden wäre,
hätten sie sie mit auf die Dienststelle nehmen sollen. Da
gleich vom Frauenknast zu sprechen war ziemlich gewagt.
Die Dame würde, wenn überhaupt, erst mal dem Haftrichter vorgeführt werden. Dass sie in Untersuchungs-

haft käme, war eher unwahrscheinlich. So aufbrausend kannte Peter seine Bärbel gar nicht, sonst war sie die Ruhe in Person, sachlich und besonnen. Und sie hielt sich immer an die Vorschriften. Peter dachte nach. Jetzt zurückzurudern wäre kontraproduktiv. Wenn Ursula Wittibert die Mörderin sein sollte, war es vielleicht gerade richtig, sie ein bisschen unter Druck zu setzen. Mit viel Glück würde sich die geliftete Wittibert verraten.

Deshalb sagte Peter schließlich grimmig: »Sie haben meine Kollegin gehört. Ziehen Sie sich um. Auf die Handschellen verzichten wir aus Rücksicht auf Sie. Seien Sie also vorsichtig. Wir können auch anders.«

Ursula Wittibert wirkte völlig unbeeindruckt, was natürlich auch an ihrer mangelnden Mimik liegen konnte. »Wie Sie meinen!«, war das Einzige, was sie sagte. Wenig später saß sie in einer knallengen, aber immerhin langen Hose aus Schlangenleder und einer kurzen Pelzjacke bei Bärbel und Peter im Auto.

47

Gut gelaunt fuhr ich zurück in die Hohe Tanne. Da Frieda nachweislich einen Anruf erhalten hatte, würde sie sicher dem Haftrichter vorgeführt. Und dann würde sich entscheiden, ob sie aufgrund der neuen Beweise aus der U-Haft entlassen würde, Fluchtgefahr bestand schließlich nicht. Ich war wie sie felsenfest davon überzeugt, dass sie heute noch freikommen würde.

Frieda hatte mir das Versteck verraten, wo sie den Schlüssel für ihre Metallkassette aufbewahrte. Ich sollte mir etwas Bargeld herausholen zum Tanken und Einkaufen. Bei meinem Besuch hatte sie mir aufgezählt, was sie alles kochen und backen wollte, sobald sie wieder zu Hause wäre: »Ich träume schon von Rouladen. Die Art, die du so gerne magst, mit viel Soße. Dazu mache ich einen Serviettenkloß und Endiviensalat. Du hast ja keine Vorstellung, wie das Essen hier schmeckt! Oh, wie ich mich freue, endlich wieder was zu kochen! Vielleicht habe ich noch ein Pfund Wildschweingulasch im Gefrierschrank, darauf hätte ich auch Lust, oder ich mache uns eine große Schüssel Frankfurter Kartoffelsalat!«

Ich parkte vor Friedas Haus und ging die paar Schritte durch ihren Vorgarten. Als Erstes würde ich all das einkaufen, wovon Frieda mir vorgeschwärmt hatte. Dazu musste ich ihr Rezeptbuch finden und die Zutaten heraussuchen. Außerdem fiel mir auf, dass ich den Weg zum Haus unbedingt kehren musste. Mir machte das ja nichts aus, wenn die Straße und der Vorgarten voller Herbstblätter lagen, aber sobald die ordnungsliebende Frieda das sähe, wäre sie sicher verstimmt. Ich wollte ihr eine Freude machen.

Hinter mir ertönte eine bekannte Stimme. »Na, junges Fräulein, gibt es etwas Neues von Frau Engel?«

Ich freute mich, dass ich endlich mal gute Nachrichten für Hans Gruber hatte. »Frieda wird wahrscheinlich noch heute entlassen!«

»Da wollen wir ihr ein schönes Willkommen bereiten. Ich besorge gleich einen Blumenstrauß.«

»Ja, gute Idee! Und ich werde die Straße fegen.«

Hans Gruber war sofort hilfsbereit zur Stelle: »Wenn Sie erlauben, würde ich das tun. Ich freue mich, wenn ich mich nützlich machen kann.«

Ich schloss die Haustür auf und erstarrte. Amsel war wieder nicht da, um mich zu begrüßen. Mir gefror das Blut in den Adern. »Herr Gruber! Herr Gruber! Da war wieder jemand im Haus!«

Er schob mich beiseite und rief ins Haus: »Hallo! Ist da wer?«

Wir vernahmen ein kratzendes Geräusch und ein leises Wimmern. Amsel war in dem Schrank im Flur eingesperrt. Mein Herz raste. Ich schluckte, öffnete die Tür und nahm die verschreckte Amsel auf den Arm. Währenddessen lief Hans Gruber durchs ganze Haus, bis hoch auf den Dachboden und hinunter in den Keller.

Schnaufend und mit rotem Gesicht kam er zu mir und schüttelte den Kopf. »Wieder nichts! Das gibt es doch gar nicht! Auch an den Fenstern und Türen nicht eine einzige Spur. Tja, junges Fräulein – da hat wohl noch jemand einen Schlüssel. Schauen Sie doch bitte nach, ob was fehlt. Suppe wurde diesmal jedenfalls nicht gekocht. Die Küche ist sauber.«

Beim Nachsehen entdeckte ich, dass die Geldkassette fehlte. »Wie soll ich denn jetzt einkaufen gehen?«, rief ich aus, als ob das in diesem Moment das Wichtigste wäre.

Hans Gruber zückte sein Portemonnaie und griff nach ein paar Scheinen. »Wir sollten Ihre Tante nicht noch mehr beunruhigen, die Ärmste hat schon genug mitgemacht. Wir sagen ihr erst mal nichts. Oder haben Sie ihr schon erzählt, dass jemand in ihrem Haus war?«

Ich schüttelte den Kopf.

»Das war gut! Sie gehen jetzt einkaufen, und wir bereiten alles vor. Ich bleibe so lange mit Amsel hier, kehre die Straße und passe auf. Wenn Frieda kommt, lassen wir uns nichts anmerken. Erst wenn sich Frieda wieder sicher fühlt, sagen wir ihr, dass sie neue Schlösser braucht. Was meinen Sie? Das ist doch besser, als sie gleich mit unangenehmen Neuigkeiten zu überfallen!«

48

Frieda wurde von einer Beamtin in ihrer Zelle abgeholt und zu einem großen Transporter mit vergitterten Fenstern gebracht, auf dem *Justiz* stand. Der Wagen war ihr wohlbekannt, sah sie ihn doch ständig durch die Hohe Tanne fahren. Das war vermutlich der kürzeste Weg zwischen dem Amtsgericht Hanau und dem Gefängnis in Preungesheim. Auf der Fahrt schaute Frieda aus dem Fenster, und als sie durch ihr Wohnviertel kamen, duckte sie sich. Nicht auszudenken, wenn sie jemand sehen würde! Sie, die untadelige Frieda Engel. Sie, die schon geholfen hatte, Verbrechen aufzuklären, und die niemals eines begehen würde!

Im Amtsgericht wurde sie wieder der jungen, hübschen Haftrichterin vorgeführt. Diese blickte nur kurz auf, nickte, raschelte mit ihren Papieren und fragte nochmals Friedas persönliche Daten ab. Dann sprach sie routiniert fürs Protokoll:

»Der Haftbefehl für Frieda Engel wird außer Vollzug gesetzt. Die Beschuldigte muss ihren Reisepass abgeben und sich wöchentlich bei der für ihren Wohnort zuständigen Polizeistation melden, jeweils dienstags. Sie darf die Bundesrepublik Deutschland nicht verlassen. Eine Sicherheitsleistung ist nicht zu erbringen.«

Dann war Frieda frei! Und sofort hatte sie ihre Energie wieder. Ihre persönlichen Sachen, die noch in Preungesheim lagen, sollte Lena später abholen. Jetzt wollte sie nur laufen! Laufen an der frischen Luft, bis in die Hohe Tanne.

Unterwegs konzentrierte sie sich auf die Lösung des Falls. Es war ja ganz klar, dass Wittibert hinter allem steckte. Sie hatte gut im Gedächtnis, wie er ihr seinen Hausschlüssel aufgezwungen hatte. Das war Teil seines Plans gewesen, überlegte Frieda. Sie musste ihm nur auf die Schliche kommen und irgendeinen Beweis finden, dass er hinter allem steckte.

In ihre Überlegungen drängten sich immer wieder die Bilder aus ihrer Jugend in Bayreuth: der Apotheker, seine Ehefrau und seine gütige Schwester. Sie fühlte sich noch sehr verbunden mit ihrer Anna Berthold, die ihr so großzügig das Haus hinterlassen hatte. Um die Beerdigung hatte sich damals die Familie gekümmert. Frau Berthold war in Bayreuth im Familiengrab beigesetzt worden.

Plötzlich hatte Frieda das Verlangen, nach Bayreuth zu fahren. Sie wollte das Grab des Apothekers und seiner Schwester besuchen. Und Frieda wusste auch schon, wer sie begleiten würde ...

49

Ursula Wittibert saß gelangweilt im Verhörraum. Nebenan war das ganze Ermittlerteam versammelt. Peter verfolgte auf dem Monitor jede Bewegung der Verdächtigen.

»Wisst ihr, was mich völlig irritiert? Dass die keine Mimik hat. Ich kann sie absolut nicht einschätzen. Von weitem sieht sie ja ganz gut aus, aber wenn man der Frau näherkommt und feststellt, dass bei dem Gesicht was nicht stimmt, und dann diese alte, verrauchte Stimme dazu ...«

Bärbel nickte. »Geht mir genauso. Ich habe auch Schwierigkeiten, sie einzuordnen. Alle Signale, auf die man achten soll, um einen mutmaßlichen Täter zu entlarven, sind bei ihr außer Kraft gesetzt.«

Katrin beobachtete Frau Wittibert ebenfalls kritisch. »So schlimm habe ich sie mir nicht vorgestellt, obwohl ihr sie gut beschrieben habt. Irgendwie ist dieses Aussehen typisch für einen bestimmten Menschenschlag.«

Die drei anderen nickten zustimmend, und Katrin fuhr fort: »Ein Motiv hätte sie. Das Ergebnis der DNA-Analyse ist heute endlich gekommen!«

Bärbel, Peter und Steffen drehten gleichzeitig die Köpfe in Katrins Richtung. Diese lächelte über so viel Aufmerksamkeit. Sie ließ sich Zeit mit der Antwort und sprach sehr langsam und deutlich, um dem Satz die angemessene Dramatik zu verleihen. »Wittibert ist der Vater von Malgorzatas Kind.«

50

Ich war mit einer langen Liste einkaufen gewesen. Es hatte mich etwas Mühe gekostet, die Aufzeichnungen in Friedas Notizbuch zu entziffern. Außerdem waren viele Zettel und ausgeschnittene Rezepte aus Zeitschriften herausgefallen. Dabei hatte ich auch die Rezepte entdeckt, die Frieda nie herausrückte. Die würde ich bei Gelegenheit kopieren, hatte ich mir zumindest vorgenommen. Die Frage war allerdings, ob ich mit den Rezepten genauso gut kochen könnte wie Frieda. Glaubte ich eher nicht.

Hans Gruber hatte die Straße und den Weg tipptopp gekehrt und den Rasen gerecht. Nun kam er mir entgegen und nahm mir den schweren Korb und die Tüten ab.

»Frieda ist noch nicht da, oder?«, fragte ich ihn. »Wenn ich doch nur wüsste, wann sie endlich entlassen wird! Ich warte schon die ganze Zeit auf ihren Anruf, damit ich sie abholen kann!«

»Nein, hier ist sie nicht, und bei mir hat sie sich auch

nicht gemeldet. Haben Sie denn einen Kuchen gekauft
und an die Blumen gedacht?«

»Natürlich! Liegt alles auf dem Beifahrersitz!«

Hans Gruber machte sich eifrig auf den Weg zum
Auto und rief dabei: »Dann decken wir jetzt eine hüb-
sche Kaffeetafel für die liebe Frieda!«

Er freut sich wie ein kleines Kind, dachte ich und lächelte in mich hinein.

Gerade als ich den Wasserkessel aufsetzte, klingelte es
an der Tür. »Wo kommst du denn her?«, fragte ich verblüfft, als ich die Haustür öffnete.

»Direkt vom Amtsgericht. Bin hergelaufen!« Frieda
streckte sich stolz. Als ihr Blick durch die Durchreiche
ins Wohnzimmer fiel, bekam sie tatsächlich feuchte
Augen. Hans Gruber war nämlich gerade dabei, kunst-
voll die Servietten zu falten. Er war so konzentriert bei
der Sache, dass er die Zungenspitze zwischen die Lippen
geschoben hatte. Er hatte gar nicht bemerkt, dass Frieda
endlich da war. Sobald Frieda den Raum betrat, ließ er
alles fallen, umfasste ihre Hände und wollte sie gar nicht
mehr loslassen.

Beim Kaffeetrinken verkündete Frieda, dass sie nach
Bayreuth fahren wollte. Ach, Bayreuth! Ich seufzte. Es
war schon eine Weile her, dass ich das letzte Mal mit
Frieda dort gewesen war. Ich freute mich, endlich mal
wieder wegzukommen! Urlaub konnte ich mir ja keinen
leisten. Begeistert von Friedas Plan, sagte ich mit vollem
Mund:

»Super! Wann wollen wir denn los? Bist du fit genug?
Können wir gleich morgen früh starten?«

Frieda starrte mich einen Moment lang an. »Liebes, ich hatte eigentlich gehofft, Hans Gruber würde mich begleiten.«

Während bei mir die Mundwinkel nach unten sanken, ging ein Strahlen über das Gesicht von Hans Gruber. Na toll!

51

Schlecht gelaunt trat ich im Garten gegen Amsels Ball. Sie flitzte los, um ihn einen Moment später wieder vor meine Füße zu legen. Dabei sah sie mich auffordernd an. Es war ungemütlich nasskalt geworden, deshalb hatte ich mit Amsel nur eine kurze Runde gedreht. Nun sorgte ich mit dem Ball dafür, dass sie sich noch ein bisschen bewegte, während ich trockenen Fußes auf der Terrasse stehen bleiben konnte.

Frieda war tatsächlich mit Hans Gruber nach Bayreuth gefahren, gleich am Tag nach ihrer Entlassung. Viel Zeit für ihren Besuch dort hatte sie nicht, weil sie sich am Dienstag wieder bei der Polizei melden musste. Mich hatte sie zurückgelassen, um auf Amsel und das Haus aufzupassen.

Frieda hatte sich nicht davon abbringen lassen, mit Hans Gruber nach Bayreuth zu fahren, obwohl ich ihr von den merkwürdigen Einbrüchen und dem Verlust ihrer roten Geldkassette berichtet hatte. Auch dass Amsel ausgesperrt und einmal in den Dielenschrank eingeschlossen worden war, hatte sie merkwürdigerweise nicht aus der Fassung gebracht. Wahrscheinlich war sie nach ihrer Verhaftung zu dem Schluss gekommen, dass ihr nichts Schlimmeres mehr passieren konnte.

»Kindchen«, hatte sie gesagt, »könntest du dich während meines Bayreuth-Besuchs um alles kümmern? Meine Vollmachten hast du ja.« Frieda war in dieser Hinsicht schon immer sehr vorausschauend gewesen.

Und so hatte ich mich um alles gekümmert. Der Schlüsseldienst hatte bereits das Schloss ausgetauscht, und ich hatte Friedas Sparbuch sperren lassen. Auch die Polizei hatte ich von den beiden Einbrüchen unterrichtet.

Der einzige Lichtblick in den letzten Tagen war mein Besuch bei Andreas gewesen. Ich hatte ihn diesmal wirklich nach Peters Nummer gefragt, aber Andreas meinte, er dürfe sie nicht rausgeben. Er hatte Peter selbst angerufen. Der ewig schlechtgelaunte Bulle war mit seiner Kollegin auch sofort in die Hohe Tanne gekommen. Sie hatten das Haus, die Türen und die Fenster inspiziert und mir eine Standpauke gehalten, weil ich nicht sofort die Kollegen vom Einbruchsdezernat unterrichtet hatte. Jetzt könnte man nichts mehr feststellen und keine Spuren mehr finden. Als ob die was gefunden hätten, wenn ich gleich angerufen hätte!

Ich sah mürrisch auf die Uhr. Frieda hatte mir zum Glück vor ihrer Abfahrt noch Rouladen gewickelt, so wie ich sie besonders gerne mochte, und mir genau aufgeschrieben, wie ich sie kochen sollte. Und da ich drei Stück eingekauft hatte, hatte ich eben die vergangenen

Tage Rouladen gegessen. Aber was sollte ich mir jetzt zu essen machen?

Zum Glück kommt Frieda heute wieder!

Ich holte ein paar Kartoffeln aus dem Keller. Es gibt doch nichts Besseres als gute Pellkartoffeln mit Leinöl und Salz, versuchte ich mir selbst Appetit zu machen. Den Rest des Tages lag ich vorm Fernseher. Ich hatte heute sicher schon mehr als 40-mal meine Mails gecheckt. Nicht die kleinste Anfrage einer Agentur. Sollte ich überall telefonisch nachfragen? Heute besser nicht. Wenn man so schlecht gelaunt war, war das Scheitern vorprogrammiert.

»Ruf mich an! 666 666!« Ich drehte mich um. Wer stöhnte da so obszön in mein Ohr? Wo war ich? Was war das für eine beschissene Party? Unbequem war es hier. Ich musste sofort weg!

Erschrocken fuhr ich hoch. Ich war auf dem Sofa eingeschlafen, und der Fernseher lief immer noch. Ich rieb mir die Augen und schaltete ihn entnervt aus. Ich sah auf die Uhr: vier Uhr morgens! Und Frieda war immer noch nicht da.

Auch am nächsten Morgen kam sie nicht. Und am Dienstagabend war Frieda immer noch nicht zurück.

52

Am Mittwochmorgen war der Staatsanwalt bei der Besprechung anwesend. Wie immer dunkel und edel gekleidet, saß er lässig da und blickte in die Runde.

»Tja«, sagte er endlich, »sieht nicht gut aus. Wir mussten Frau Wittibert gehen lassen. Im Haus ihres Ehemannes fand sich nämlich nicht die geringste Spur von ihr, und es gibt absolut keinen Hinweis darauf, dass sie jemals dort war. Herr Wittibert behauptet, von seiner Vaterschaft nichts gewusst zu haben. Da sein Alibi lupenrein ist, können wir auch ihn nicht festsetzen. Alle Überlegungen, dass er einen Auftragskiller auf Malgorzata Mazur angesetzt haben könnte, um die Schwangere aus seinem Leben zu schaffen, sind reine Spekulation. Wie gehen wir weiter vor? Irgendwelche Vorschläge?«

Katrin kaute auf ihrer Lippe und schüttelte resigniert den Kopf. »Wir haben die Tatwaffe mit den Fingerabdrücken von Frau Engel, und sie hat ein Motiv. Würde alles passen – bis auf diesen Anruf bei ihr. Deshalb gehen wir davon aus, dass sie in Wittiberts Haus gelockt wurde. Aber von wem? Und wer hat dann den Notruf gewählt?«

Steffen meldete sich zu Wort. Wie in der Schule hob er die Hand und sah dabei den Staatsanwalt an, als wäre der der Lehrer. Der Staatsanwalt nickte ihm aufmunternd zu, und Steffen, der schon wieder unter einem heftigen Akneschub litt und mit roter, fleckiger Haut zu kämpfen hatte, berichtete ernst: »Der Notruf wurde von einem öffentlichen Fernsprecher aus getätigt, das konnten wir nachverfolgen. Der Fernsprecher steht am Wilhelmsbader Bahnhof. Keine fünf Minuten später wurde Frau Engel von einem Handy aus angerufen. Möglicherweise hat der Anrufer einfach am Fernsprecher gewartet. Ich habe die Zeit gemessen: Vom Polizeiparkplatz bis zu Wittiberts Haus braucht man ungefähr acht Minuten – und man fährt am Wilhelmsbader Bahnhof vorbei. Der Anrufer könnte also auf den Einsatzwagen mit Blaulicht gewartet haben, um dann mit dem Handy Frau Engel anzurufen und sie in Wittiberts Haus zu locken. Sie müsste dann etwa gleichzeitig mit den Kollegen am Tatort eingetroffen sein. Die Anrufe wurden vielleicht nur deshalb von zwei unterschiedlichen Apparaten getätigt, um die Spur zu verwischen.«

»Das wäre aber ein großer Zufall gewesen, wenn das so hingehauen hätte!«, warf Bärbel ein. »Wie konnte denn der Anrufer davon ausgehen, dass Frau Engel zu Hause war? Und woher sollte er wissen, wie lange sie braucht, um die Straße zu überqueren? Wenn sie sich erst die Schuhe und den Mantel anzieht, kann das dauern. Und der Anrufer hätte wissen müssen, dass sie einen Hausschlüssel von Wittibert hat.«

Der Staatsanwalt hatte ruhig und aufmerksam zugehört und sagte: »Nun, das hört sich für mich durchaus schlüssig an. Der Anrufer wusste, dass Frau Engel zu Hause war, und konnte ungefähr einschätzen, wie sie auf den Anruf reagieren würde. Es muss also jemand gewesen sein, der Frau Engel gut kennt. Wer wusste, dass sie einen Hausschlüssel von Wittibert hat? Auch der Frage, wem Wittibert davon erzählt haben könnte, müssen wir nachgehen. Was ist mit Frau Engels Nichte? Die wusste sicher von dem Schlüssel, und sie kennt ihre Tante gut. Wurde sie schon verhört?«

»Die Nichte hütet gerade Frieda Engels Haus«, meldete sich Peter zu Wort. »Seitdem kam es übrigens zu zwei Einbrüchen. Einmal soll sich der Täter Suppe gekocht haben, und beim zweiten Mal wurde eine Geldkassette mitgenommen. Da es keinerlei Einbruchsspuren gibt, ist davon auszugehen, dass die oder der Täter einen Schlüssel zu Frau Engels Haus hatten. Das Schloss wurde mittlerweile ausgetauscht.«

Der Staatsanwalt hatte mit hochgezogenen Augenbrauen zugehört. »Auch hier würde doch die Nichte in Betracht kommen, oder?«

Bärbel schüttelte heftig den Kopf. »Warum sollte Lena Engel die Einbrüche selbst begehen?«

»Um von sich abzulenken, vielleicht?«, erwiderte der Staatsanwalt.

In diesem Moment ging die Tür auf, und ein junger Polizist kam mit einem Zettel ins Besprechungszimmer. »Eine wichtige Nachricht für Herrn Bruchfeld!«, sagte er, dann verließ er den Raum wieder.

Peter starrte eine Weile auf den Zettel. »Anruf von Lena. Frieda Engel ist nach Bayreuth gefahren und nicht zurückgekommen, obwohl sie gestern ihre Meldepflicht hätte wahrnehmen müssen.«

53

Frieda war mit Hans Gruber gut in Bayreuth angekommen. Sie hatte schon immer das Gefühl gehabt, dass die Uhren dort anders gingen. Es war eine gemütliche Stadt, nicht so hektisch wie Frankfurt. Als Erstes bummelten sie durch die Innenstadt, und Frieda freute sich über die vielen kleinen Geschäfte. Natürlich gab es auch hier mittlerweile dieselben Billig-Ketten wie in jeder anderen Stadt, aber in überschaubarer Anzahl. Trotzdem wurde ihr klar, was sie an Hessen deutlich mehr liebte. Die Menschen waren offener. In einer Apfelweinwirtschaft hockte man sich einfach an einen Tisch dazu und kam sofort mit den anderen ins Gespräch. Zu Hause redeten die Leute einfach mehr miteinander. Frieda kam es in den Sinn, wie ihr prächtiger Garten jedes Jahr von allen Nachbarn gelobt wurde. Das würde in Bayreuth nicht passieren. In Bayreuth galt: »Nicht gemeckert ist Lob genug«, und ein »Joa, is scho recht« war die höchste Auszeichnung. Mehr Begeisterung konnte man hier nicht erwarten.

Hans Gruber kannte eine kleine Pension, in der sie sich einquartierten. Er hielt Frieda ziemlich auf Trab:, indem er ihr seine Lieblingsorte in Bayreuth zeigte. Die meisten davon kannte Frieda natürlich schon, aber sie nahm nur allzu gerne wieder mal an einer Führung im Markgräflichen Opernhaus teil und machte natürlich auch einen ausgedehnten Spaziergang durch die Eremitage.

Deren Weitläufigkeit hatte sie allerdings unterschätzt. Durch das mehrmals tägliche Gassigehen mit Amsel war sie doch gut trainiert, dachte sie jedenfalls. Aber der Gefängnisaufenthalt hatte ihr mehr zugesetzt, als sie das wahrhaben wollte. Es waren nur ein paar wenige Tage gewesen, und doch war Frieda nun schnell außer Atem. Außerdem war es hier in Bayreuth deutlich kühler als zu Hause. Der Wind blies eisig und roch schon nach Schnee. Die Bäume hatten bereits ihr gesamtes Laub verloren, und auch von der Blütenpracht in den Blumenrabatten war nichts mehr zu sehen.

Im großen Bassin und in der Unteren Grotte fanden stündlich Wasserspiele statt, und Frieda wollte sie sich auf keinen Fall entgehen lassen. Deshalb lief sie stramm und ohne Rücksicht auf ihre schlechte Kondition los. Sie hatte keine Augen für den prachtvollen Sonnentempel, und auch das Alte Schloss ließ sie links liegen. Keuchend marschierte sie durch den Wald, am Wasserturm und am Vogelhaus vorbei. Ihr lieber Freund Hans hatte Mühe mitzuhalten.

An der Unteren Grotte angekommen, sank Frieda erschöpft auf eine Bank und wartete auf das Wasser, das auch bald aus den steinernen Mäulern der Pferde schoss und über die Arkaden herunterfloss. Doch sosehr Frieda den Anblick des Wasserspiels und den Aufenthalt im Park genoss, sie wollte endlich die Grabstätte des Apothekers Berthold und seiner Schwester besuchen. Schließlich war das ihr eigentliches Vorhaben gewesen, wofür sie eigens nach Bayreuth gefahren war. Sie hatte in einer Gärtnerei schon ein herrliches Blumenbukett bestellt, das sie nun abholen und zum Friedhof bringen wollte. Und sie musste endlich zu Hause anrufen!

Eines hatte sie sich ganz fest vorgenommen: Wenn sie wieder zu Hause war, würde sie sich als Erstes ein Handy besorgen! Lena lag ihr deswegen schon so lange in den Ohren. Jetzt führte endgültig kein Weg mehr daran vorbei. Lena hatte ihr versichert, dass die Bedienung kinderleicht sei. Nun, wo nirgendwo mehr Telefonzellen zu finden waren, musste Frieda auch endlich ein Handy haben. Nicht mal in der Pension gab es Telefone auf den Zimmern. Die Wirtin hatte erklärt, dass sie jeden Monat einen Haufen Geld für die Telefonanlage habe bezahlen müssen, die doch keiner der Gäste genutzt habe, weil mittlerweile alle ein Handy besäßen.

Frieda machte sich alleine auf den Weg zum Friedhof, denn Hans Gruber wollte nicht mitkommen. Er fühle sich nicht wohl, sagte er ihr, und bliebe lieber mit einem Buch in der Pension.

Am Grab war Frieda ganz ergriffen. So eine prächtige letzte Heimstätte! Da sah man gleich, was für eine angesehene Familie hier ruhte. Und alles so schön gepflegt! In Frieda kamen die Erinnerungen hoch: Sie hatte eine ganze Weile im Apothekerhaushalt gearbeitet. Ab und zu hatte sie auch die Töchter des Hauses betreut. Später dann, als sie mit Anna Berthold in Hanau lebte, hatte sie keinen Kontakt mehr zu der Familie, abgesehen von den Päckchen, die Frau Berthold für ihre Nichten gepackt und die Frieda zur Post gebracht hatte. Ein, zwei Mal waren die Nichten bei ihnen zu Besuch gewesen. Frieda hatte keine guten Erinnerungen daran. Die Apothekertöchter waren hochnäsig und hatten sie deutlich spüren lassen, dass sie nur die Dienstbotin ihrer Tante Anna war.

Frieda war natürlich in Bayreuth auf der Beerdigung ihrer Dienstherrin gewesen, aber nicht mit zum Leichenschmaus gegangen, weil sie sich für unerwünscht hielt, denn die Frau des Apothekers hatte ihr komische Blicke zugeworfen. Das war jetzt schon so lange her! Frieda seufzte. Zum Glück hatten sich die Zeiten geändert.

Im Gefängnis hatte Frieda über ihr Leben nachgedacht und darüber, wie schnell es vorbei sein konnte.

Nun war Frieda über 80, und die Apothekertöchter, wenn sie denn noch lebten, mussten auch schon über 70 Jahre alt sein. Es wird Zeit, dachte Frieda: Zeit, alle, die mich im Leben ein Stück begleitet haben, noch mal zu sehen. Ich werde den Nichten meiner lieben Frau Berthold meine Aufwartung machen. Auch meinen Cousinen muss ich wenigstens guten Tag sagen, wenn ich schon in Bayreuth bin. Dann begab sie sich mit strammen Schritten auf den Weg zurück zur Pension.

54

Ich war außer mir! Frieda ohne Handy, und Hans Gruber hatte ich nicht gefragt, ob er eines besaß. Bevor sie mit dem Kleinwagen von Hans Gruber losgefahren waren, hatten die beiden darüber geredet, wo sie für die paar Tage wohnen könnten. Frieda wollte nicht so kurz-fristig bei ihren Cousinen auftauchen. Hans Gruber hatte vorgeschlagen, in eine Pension zu gehen. Die beiden waren losgefahren wie zwei verliebte Teenager auf ihrer ersten Reise ohne Eltern.

Entgegen ihrer Gewohnheit hatte Frieda mich nach ihrer Ankunft nicht angerufen. Normalerweise erkundigte sie sich mindestens zwei Mal täglich nach Amsel, wenn sie auf Reisen war. War ihr etwas passiert? Hatte sie einen Unfall gehabt? Würde ich dann nicht automatisch unterrichtet werden? Was sollte ich tun? Alle Krankenhäuser in Bayreuth anrufen?

Gestern hätte sich Frieda bei der Polizei melden müssen, das war ihre gerichtliche Auflage. Wenn sie dort nicht erschien, was passierte dann? Ich hatte eben bei Peters Dienststelle angerufen. In der Zentrale wollte eine Schlafmütze von mir wissen, um was es denn bitte ginge. Ich hatte mein Anliegen hoffentlich dringend genug gemacht und wartete nun auf einen Rückruf von dem Miesepeter.

Der kam auch prompt. »Peter hier. Was ist los?«

»Frieda ist mit einem Bekannten nach Bayreuth gefahren. Ich hab keine Ahnung, wo sie ist, und mache mir furchtbare Sorgen!«

Peter antwortete mit seiner angenehm tiefen Stimme: »Deine Nachricht kam eben während unserer Besprechung. Wir haben kurz darüber diskutiert: Wenn wir deine Tante jetzt zur Fahndung ausschreiben, könnte das gegen sie verwendet werden. Wir geben ihr noch einen Tag. Versuch, sie in Bayreuth zu erreichen. Ist sie bei

Verwandten untergekommen? Wenn du was hörst, sag mir sofort Bescheid. Verstanden?«

Dann gab er mir tatsächlich seine Handynummer!

Danach nahm ich mir Friedas Telefonregister vor, das auf der Konsole im Flur lag. Ich rief sämtliche Verwandten an, von denen ich wusste. Es waren ihre drei Cousinen, alle etwas jünger als sie. Sie freuten sich über meinen Anruf, aber keine von ihnen hatte etwas von Frieda gehört:

»Woas? Die Frieda is hier in Bayreid? Joa, soach e' mal. Bei uns hoad sie sich fei ned g'melded.«

Als Nächstes kontaktierte ich alle Krankenhäuser in Bayreuth. Nirgendwo waren eine Frieda Engel oder ein Hans Gruber eingeliefert worden. Blieb noch die Autobahnpolizei. Wahrscheinlich war es besser, wenn Peter mit denen telefonierte. Während ich seine Nummer wählte, klingelte es an der Haustür.

Da war sie! Endlich! Mit einem Satz sprang ich zur Tür und riss sie auf. Aber da stand nicht Frieda. Gegen diesen Besucher hatte ich allerdings auch rein gar nichts einzuwenden: Andreas mit einer Tüte frischer Brötchen!

»Guten Morgen, Lena! Ich hatte gehofft, dass du noch da sein würdest. Sorry, dass ich in den letzten Tagen keine Zeit hatte. Ich hatte richtig Stress, aber das Projekt ist so weit in trockenen Tüchern, deshalb hab ich beschlossen, heute Homeoffice zu machen und es ein bisschen ruhiger anzugehen. Kommst du mit rüber zum Frühstück?«

Ich nickte, dann schüttelte ich den Kopf. »Frieda ist

verschwunden. Ich habe schon mit Peter telefoniert. Ich weiß nicht mehr weiter!«

Andreas sah mich verständnislos an. Er schob mich ins Haus und sagte: »Noch mal: Frieda ist verschwunden? Ich denke, sie ist mit ihrem Bekannten nach Bayreuth gefahren?«

»Ja, das ist sie, und sie ist nicht wieder aufgetaucht. Gemeldet hat sie sich auch nicht!«

Andreas blickte hilflos um sich. Dann meinte er aufmunternd: »Komm, lass uns einen Kaffee trinken. Ich nehme mir frei. Wir beide fahren nach Bayreuth, Frieda suchen! Und Amsel bringen wir zu meiner Mutter! Einverstanden?«

55

Nach ihrem Besuch auf dem Friedhof ging Frieda zurück in die Pension, um nach Hans Gruber zu sehen. Sie fand ihn, munter plaudernd, im Aufenthaltsraum. Als sie hereinkam, stand er sofort auf und rückte einen Stuhl für sie zurecht.

»Hans, geht es Ihnen besser?«, erkundigte sich Frieda besorgt.

Er nickte nur und brachte ihr einen Tee an den Tisch.

Wenn sich Frieda etwas vorgenommen hatte, verplemperte sie keine Zeit. Sie trank hastig den Tee aus der altmodischen Tasse und berichtete Hans Gruber von ihrem Plan, noch heute Frau Bertholds Nichten zu besuchen. Kam es Frieda nur so vor, oder erbleichte er bei dieser Nachricht?

Er stutzte einen Moment und schüttelte dann vehement den Kopf. »Liebste Frieda! Mit Verlaub – was wollen Sie denn da? Haben Sie mir nicht erzählt, dass Sie keinen Kontakt mit der Familie hatten? Die werden sich nicht an Sie erinnern, und Sie werden enttäuscht sein! Glauben Sie mir, diesen Besuch sparen Sie sich besser!«

Frieda rührte in ihrem Tee und nickte ihm freundlich zu. »Natürlich, Hans, Sie haben recht!«

Irgendetwas machte Frieda misstrauisch. Warum versuchte Hans Gruber so energisch, ihr diesen Besuch auszureden? Da stimmte was nicht, Frieda konnte es förmlich riechen. Sie gab vor, auf ihr Zimmer gehen und sich etwas ausruhen zu wollen, lächelte Hans Gruber an und stand auf. Im Flur spitzte sie vorsichtig um die Ecke, um zu sehen, ob er immer noch im Aufenthaltsraum bei den anderen Gästen saß. Dann flitzte sie schnurstracks auf die Straße.

Frieda dachte einen Moment nach. Sie war während ihrer früheren Besuche in Bayreuth ein paarmal an der altehrwürdigen Apotheke vorbeigehuscht, aber nie hineingegangen. Sie wusste nicht, ob die Töchter sie weiterführten. Sie kniff die Lippen zusammen und beschloss, einfach hinzugehen und zu fragen.

Das alte, holprige Kopfsteinpflaster aus ihren Kindertagen war durch einen glatten Teerbelag auf der Fahrbahn ersetzt worden, die Bürgersteige links und rechts mit roten, gleichmäßigen Platten belegt. Auf dem Untergrund fiel Frieda das Gehen leicht, und sie freute sich, dass alle Straßen blitzblank gefegt und sauber waren. Automatisch setzte sie einen Fuß vor der anderen und vertraute voll und ganz ihrem Orientierungssinn. Und schon stand sie vor dem Eckhaus mit der alten Apotheke. Sie reihte sich in die Schlange der Kunden ein und wartete artig, bis sie drankam. Plötzlich packte sie jemand grob am Arm. Entrüstet drehte sich Frieda um und sah direkt in das verzerrte Gesicht von Hans Gruber.

56

Ich hätte meinen Gemütszustand gar nicht beschreiben können. Ich saß mit dem Mann meiner Träume in seinem Auto! Er fuhr immer noch diesen sportlichen Roadster. Alleine *das* war aufregend genug. Wie gerne hätte ich diese Fahrt einfach nur genossen! Leider machte die Sorge um Frieda mich wahnsinnig. Auf dem Weg überlegten wir, wo wir mit der Suche anfangen sollten. Bei ihren Cousinen hatte sie sich nicht gemeldet, und in welchem Hotel sie mit Hans Gruber abgestiegen war, wusste ich nicht. Konnte die Polizei nicht helfen? Ein kurzer Anruf bei Peter machte meine Hoffnung zunichte. Die Meldepflicht war fürs Finanzamt. Polizeiliche Ermittlungen würden nicht automatisch eingeleitet, weil Frieda sich nicht gemeldet hatte.

Was hatte mir Frieda im Gefängnis erzählt? Dieser Apotheker – wie hieß er doch gleich? Sollte ich jetzt alle

Apotheken abklappern? Mir fiel der Name nicht mehr ein. Bei den Freimaurern hatte sie ihn kennengelernt. Ich googelte und fand das Freimaurermuseum in Bayreuth. Ob ich dort jemanden finden würde, der mir helfen konnte? Es war eine geringe Chance.

Das Museum war von einem Park aus zugänglich, wie wir nach einigem Herumkurven feststellten. Wir parkten in einer Seitenstraße vor einer roten Backsteinvilla und liefen in den Hofgarten hinein, der an das Neue Schloss grenzte. Kalt war es. Viel kälter als bei uns, und ich war völlig unpassend angezogen. Der Park kam mir wie ein verwunschener Zaubergarten vor. Über den Wasserkanälen hingen Nebelfetzen in der Luft. Ich hatte das Gefühl, dass auf der von riesigen alten Bäumen gesäumten Allee jeden Moment eine Pferdekutsche mit dem Markgrafenpaar Friedrich und Wilhelmine auftauchen würde.

Verschlungene Wege führten zwischen dichten, winterharten Büschen hindurch, Pavillons und Verstecke ließen sich erahnen. Im Frühjahr und im Sommer musste es ein unvergleichlich romantischer Garten sein. Jetzt war es zu kühl für Romantik, und ich hatte andere Sorgen. Ob ich wohl bei einer erfreulicheren Gelegenheit noch einmal mit meinem Herzbuben hierherkommen würde?

In der wunderschönen alten Villa der Freimaurer saß eine Dame an der Kasse und hörte sich unser Anliegen an. Sie verwies mich an einen Bruder der Freimaurerloge Eleusis zur Verschwiegenheit. Den Namen der Loge hatte ich bereits an der Pforte gelesen, er machte ja nicht gerade Hoffnung auf Hilfe! Die Dame gab mir eine Telefonnummer, die ich sofort anrief. Ein Mann erklärte mir, dass er zwar Verständnis für meine Lage habe, mir aber beim besten Willen nicht helfen könne, weil aus dieser Zeit ganz sicher keine Brüder mehr am Leben seien. Immerhin nannte er mir den Namen und die Telefonnummer des Alt- und Ehrenstuhlmeisters der Freimaurerloge, eines gewissen Rudi Birkle, Fachmann für die Geschichte der Loge. Ich traute mich nicht zu fragen, was der Titel »Alt- und Ehrenstuhlmeister« zu bedeuten hatte. »Vielleicht kann er Ihnen helfen!«, sagte der Mann zum Abschied.

Während Andreas sich die Ausstellung anschaute, lief ich mit dem Handy am Ohr im verzauberten Hofgarten auf und ab. Knapp schilderte ich Rudi Birkle, wie Frieda im Krieg von den Freimaurern durchgefüttert worden war und einen Apotheker kennengelernt hatte, der sie dann in seinem Haus aufnahm. Nach einem kurzen Schweigen sagte der Ehrenstuhlmeister:

»Ihre Darlegung ist sehr interessant, aber es ist leider ganz und gar unmöglich, dass Ihre Tante bei den Freimaurern gespeist wurde. Die Freimaurerei war unter den Nationalsozialisten verboten, sie haben sie völlig ausgelöscht. Die Zeit während des Nationalsozialismus wird in der Freimaurerei als ›Dunkle Zeit‹ bezeichnet.«

Ich überlegte. Sollte sich Tante Frieda geirrt haben?

Der Meister sprach weiter: »Es gab eine Stiftung der Nationalsozialistischen Volkswohlfahrt, die hat sich das Haus angeeignet, Spenden gesammelt und Dienste an der Bevölkerung organisiert. Kann also gut sein, dass dort auch Essen an Bedürftige ausgegeben wurde. Da das Haus seit jeher das Logenhaus war, sind die Menschen vielleicht davon ausgegangen, dass die Wohltaten von den Freimaurern kamen.«

Ich schluckte. Die Nazis nahmen meiner Frieda die Mutter und fütterten sie dann in einer Stiftung durch? Wie abartig war das denn?

»Es besteht natürlich die Möglichkeit, dass sich unsere Brüder auch in der ›Dunklen Zeit‹ für ihre Mitmenschen in dieser Stiftung engagiert haben. Aber selbst wenn ich könnte, ich würde Ihnen nicht sagen, ob der Apotheker ein Freimaurer war oder nicht. Das ist das letzte Geheimnis, das die Freimaurer strengstens hüten: Sie werden niemals den Namen eines Bruders preisgeben.«

Aha. Nun wurde mir klar, warum die Freimaurer immer noch als »Geheimbund« tituliert wurden.

»Darf ich fragen, woher Sie kommen?«, erkundigte sich Rudi Birkle.

»Meine Tante oder ich? Meine Tante lebt in Hanau, Hohe Tanne.« Weil ich natürlich davon ausging, dass kein Mensch auf der Welt den Stadtteil Hohe Tanne kannte, setzte ich hinzu: »Neben dem Staatspark Wilhelmsbad.«

Zu meinem Erstaunen sagte Rudi Birkle: »Ach, tatsächlich? Dort fand 1782 der Wilhelmsbader Freimaurer-Konvent statt. Freimaurer aus ganz Europa tagten mehrere Wochen lang in Wilhelmsbad. Man diskutierte damals schon über die herannahende Französische Revolution! Wussten Sie das?«

Natürlich hatte ich das nicht gewusst! Woher auch? Ich brummte ungeduldig ins Telefon, und Rudi Birkle sprach langsam weiter: »Eines kann ich Ihnen jedoch zum Abschied noch verraten. Es gab eine Apotheker-familie, die für ihre Wohltaten weit über die Stadtgren-zen hinaus bekannt war. Berthold hießen sie, aber die Nachkommen heißen anders. Suchen Sie einfach die äl-teste Apotheke in der Stadt, und fragen Sie dort. Ich wünsche Ihnen viel Glück!« Damit legte Rudi Birkle auf.

Berthold! Genau das war der Name, der mir nicht mehr eingefallen war!

57

Frieda erstarrte und dachte fieberhaft nach, wie sie re-agieren sollte. Hans Gruber hatte plötzlich einen eiskal-ten und bösen Gesichtsausdruck. Er wollte sie aus der Apotheke zerren. Frieda versuchte, ihren Arm aus sei-nem festen Griff zu befreien, aber er ließ nicht locker. Die Kunden in der Apotheke bemerkten zwar die Ran-gelei, doch niemand griff ein.

»Was soll denn das? Lassen Sie meinen Arm los!«, fauchte Frieda.

Fast unhörbar zischte Hans Gruber: »Frieda, was wol-len Sie denn hier? Sie kommen jetzt mit mir raus!« Er wandte sich mit einem jovialen Lächeln den Kunden zu und sagte entschuldigend: »Meine Mutter. Sie ist ein bisschen verwirrt. Alzheimer, Sie verstehen.«

Verständnisvolles Nicken von allen Seiten. Frieda kniff die Lippen zusammen. Das war ein kluger Schachzug von ihm. Aber was wollte er überhaupt? Frieda war erschüttert, dass sie diesen Menschen offenbar völlig falsch eingeschätzt hatte. Ihr blieb nichts anderes übrig: Sie musste Radau machen. Falls ihr etwas zustoßen sollte, würde man sich daran erinnern. Laut rief sie:

»Hans Gruber, machen Sie sich nicht lächerlich! Sie sind nicht mein Sohn! Hilfe! Der Mann will meine Geldbörse klauen!«

Damit hatte Hans Gruber nicht gerechnet. Die kleine, alte Dame, die in jeder Situation die Contenance bewahrte, fing mitten in der Apotheke an zu kreischen wie ein Waschweib!

Eine der Angestellten rief nach ihrem Chef. Sofort war ein dunkelhaariger Mann mit feinen Gesichtszügen zur Stelle und fragte, was los sei.

Frieda war einer Ohnmacht nahe. Der Mann war ein Abbild ihres Herrn Berthold! Sie schnappte nach Luft.

»Hans! Was machst du denn hier?«, sagte der Apotheker in dem weißen Kittel alles andere als erfreut zu Hans Gruber. »Kannst du bitte mal die Dame loslassen? Ist es schon so weit gekommen, dass du in meinem Laden die Leute belästigst?«

Hans Gruber schnaubte verächtlich. »So ein Unfug! Das hier ist die Erbschleicherin.«

Der Apotheker sah verwirrt auf die kleine Frieda hinab. »Ich verstehe nicht ganz ...«

Hans Gruber knurrte: »Das ist die Alte, die sich das Haus und das Geld eurer Großtante unter den Nagel gerissen hat. Davon steht mir ein Teil zu – und den will ich mir holen.«

Die Kunden und die Angestellten im Geschäft verrenkten sich die Hälse, um jedes Wort mitzubekommen. Rasch sagte der Apotheker:

»Nicht hier – lass uns nach hinten gehen.«

Frieda blieb stur stehen. In ihrem Kopf war ein einziges Durcheinander. Dort der junge Berthold – hier ihr vermeintlicher guter Freund Hans Gruber. Was, wenn die beiden unter einer Decke steckten und es auf ihr Haus abgesehen hatten? Sie fasste sich ein Herz. Sie wollte mit fester Stimme und eindringlich sprechen, aber dann zitterten die Worte doch:

»Ich bin keine Erbschleicherin! Ich habe bei Ihrer Tante gelebt und sie bis zu ihrem Tod gepflegt.«

Der Apotheker wurde zunehmend nervös. »Natürlich, das weiß ich doch. Wir müssen aber nicht hier darüber reden.«

Frieda blieb stur. »Ich gehe nirgendwohin.«

Die Kunden rückten immer näher, und die Angestellten vergaßen zu bedienen. Frieda dachte angestrengt nach. Ich muss in der Öffentlichkeit bleiben, überlegte sie, das ist mein einziger Schutz. Dann kam plötzlich eine Frau im weißen Kittel dazu. Sie fauchte Hans Gruber an:

»Du verschwindest sofort aus unserer Apotheke! Du hast schon genug Unheil angerichtet. Hau ab, oder ich hol die Polizei!«

Die Apothekergattin war sehr viel resoluter als ihr Mann. Sie wandte sich an Frieda und redete beruhigend

152

auf sie ein. »Sie sind in Sicherheit. Hier kann Ihnen nichts passieren. Bitte setzen Sie sich erst mal.«

Sie führte Frieda zu einem Stuhl, der in einer Ecke des Ladengeschäfts stand. »Hier messen wir unseren Kunden den Blutdruck. Ich bringe Ihnen gleich ein Glas Wasser.«

Sie drehte sich um und keifte ihren Mann an: »Warum hast du den Gruber nicht sofort rausgeschmissen? Die Frau ist ja völlig verstört!«

Dann wandte sie sich lächelnd an die Kunden und sagte laut:

»Alles in Ordnung. Nur ein kleines Missverständnis.« Den Angestellten machte sie mit einer Geste deutlich, dass sie weiterbedienen sollten.

Frieda folgte der Dame mit dem Blick. Wem konnte sie überhaupt noch trauen?

58

Die Stimmung im Besprechungszimmer war auf dem Nullpunkt. Der Staatsanwalt war sauer. Kopfschüttelnd sagte er zu Peter:

»Wir haben doch ganz klar herausgearbeitet, dass Lena Engel zum Kreis der Verdächtigen gehört. Dass wir mit der Fahndung nach Frieda Engel einen Tag warten, heißt noch lange nicht, dass Sie die Nichte nach Bayreuth hinterherschicken sollen!«

Peter verteidigte sich: »Ich kenne die Nichte! Niemals gehört sie zu den Verdächtigen!«

»Wenn das so ist«, sagte der Staatsanwalt ernst, »sind Sie draußen.«

Jetzt platzte Peter der Kragen. Was bildete sich dieser Schnösel eigentlich ein? Peter schnaubte und fuhr den Staatsanwalt an:

»Sie wollen mich wegen Voreingenommenheit aus den Ermittlungen rauswerfen? Ausgerechnet Sie?«

Katrin wurde es heiß und kalt. Das fehlte noch, dass Peter jetzt eine Bemerkung zu ihrem Verhältnis rausrutschte. Schnell sagte sie:

»Lass es gut sein, Peter. Natürlich bist du voreingenommen, wenn du die Nichte privat kennst.«

Bärbel sprang Peter zur Seite, wie so oft: »Das ist doch Quatsch! Peter kennt die Nichte so gut, wie ich Frieda Engel kenne. Erinnert ihr euch nicht mehr? Der Bunker? Da hat mir Frau Engel das Leben gerettet. Also bin ich auch draußen!«

Der Staatsanwalt sah Katrin an. Wahrscheinlich erwartete er, dass sie als Stellvertreterin des Chefs ein Machtwort sprach. Aber sie schwieg und hielt seinem Blick ruhig stand.

Daraufhin packte der Staatsanwalt seine Papiere, stand auf und meinte abschließend: »Morgen will ich beide hier haben. Frieda UND Lena Engel.«

Damit verließ er den Raum.

59

Die Apotheke leerte sich langsam. Die Apothekerin brachte Frieda ein Glas Wasser, und ihr Mann entschuldigte sich:

»Ich hätte den Gruber gleich rausschmeißen sollen. Wie kam es, dass Sie hier mit ihm zusammengetroffen sind?«

Frieda überlegte, ob es nicht besser wäre, direkt die Polizei zu verständigen. In ihrem Kopf flogen Gedankenfetzen wie Puzzleteile durcheinander.

»Sie sehen genauso aus wie Ihr Vater!«, sagte sie schließlich.

Der Apotheker schüttelte den Kopf. »Nein, nicht wie mein Vater. Wie mein Großvater mütterlicherseits. Die Apotheke wird nunmehr in der dritten Generation von unserer Familie geführt.«

»Können Sie mir erklären, wer Hans Gruber ist?«, fragte Frieda.

Die Apothekerin fauchte: »Ein elender Nichtsnutz!«

Der Apotheker blickte seine Frau ernst an und erklärte Frieda ruhig: »Hans Gruber ist der uneheliche Sohn meines Großvaters. Wir haben von seiner Existenz erst erfahren, als Großvaters Testament eröffnet wurde. Meine Eltern mussten damals eine Hypothek aufnehmen, um Hans Gruber seinen Erbanteil auszubezahlen. Das hätte uns um ein Haar alles gekostet. Mein Halbonkel kann ja nichts dafür, dass sein Dasein erst nach Großvaters Tod bekannt wurde. Das Problem ist nur, dass er das ganze Geld verspielt hat und seitdem keine Ruhe mehr gibt. Meine Eltern gaben sich anfangs große Mühe, ihn in die Familie zu integrieren. Er war eine Zeitlang sogar bei den Familienfesten dabei. Natürlich wurde auch über unsere Großtante und über Sie gesprochen. Wir wussten, dass Tante Anna mit Ihnen nach Hanau gezogen war. Unsere Großmutter konnte wohl weder ihre Schwägerin noch Sie besonders gut leiden. Dementsprechend war der Kontakt eher selten.«

Frieda nickte. Ja, sie erinnerte sich nur allzu gut an die herrische gnädige Frau! Die Unstimmigkeiten zwischen ihr und Anna Berthold waren letztendlich der Grund für den Umzug nach Hanau gewesen.

»Kommen Sie, wir gehen jetzt nach oben in die Wohnung. Meine Mutter wird sich freuen, Sie zu sehen. Trinken wir in Ruhe einen Kaffee.«

Frieda blickte den Apotheker ängstlich an.

»Sie brauchen sich keine Sorgen zu machen! Bei uns denkt niemand, dass Sie eine Erbschleicherin sind!«

Frieda nickte. Das war schließlich der eigentliche Grund ihres Kommens gewesen: Sie wollte den Nichten ihrer Frau Berthold einen Anstandsbesuch abstatten und sie noch einmal sehen, bevor es zu spät war.

So ging Frieda mit dem Apothekerpaar nach oben in die große Wohnung, die noch mit den alten Möbeln bestückt war, die sie aus ihrer Jugend kannte.

Aus der Nichte von Anna Berthold, die Frieda früher überheblich begegnet war, war eine ebenso alte wie nette Dame geworden. Die beiden versanken in ihren Erinnerungen, und die Mutter des Apothekers wollte Frieda gar nicht mehr gehen lassen. Die Frau war froh, mit jemandem sprechen zu können, der ihre Eltern noch gekannt hatte. Die gefühlskalte Mutter, von der sie und ihre mittlerweile verstorbene Schwester so hartherzig gedrillt worden waren, und den großzügigen Vater, der mit seinen strengen moralischen Vorstellungen immer ein Vorbild gewesen war und dessen unehelicher Sohn nach dem Tode des Vaters die ganze Familie überrascht hatte.

Schnell waren sich alle einig, dass Frieda unbedingt über Nacht im Hause Berthold bleiben sollte. Mit dem Apotheker holte sie ihre Sachen aus der Pension. Hans Gruber war verschwunden, ohne irgendwelche Spuren zu hinterlassen, außer der Rechnung, die er nicht bezahlt hatte.

Für Frieda war das alles sehr aufwühlend. Sie musste erst mal ihre Gedanken sortieren. Zu viel war passiert, und die Tage in Untersuchungshaft waren nicht ohne Folgen geblieben. Dass Hans Gruber sich ihr Vertrauen hatte erschleichen können, brachte Frieda zur Verzweiflung. Durfte sie sich nicht mehr auf ihre Menschenkenntnis verlassen? War ihr Instinkt, auf den sie so stolz war, abhandengekommen? Steckte Hans Gruber auch hinter den dubiosen Einbrüchen? Es wäre ein Leichtes für ihn gewesen, an den Ersatzschlüssel zu kommen. Immer wenn er sie zum Gassigehen mit Amsel abgeholt hatte, wartete er im Flur, während Frieda alle Fenster kontrollierte. Und dort in der Konsole lag der Zweitschlüssel – wie auch der Schlüssel von Wittibert.

In der Nacht fiel Frieda in einen unruhigen Schlaf und schreckte mehrfach aus schlimmen Alpträumen hoch. Am Morgen saß sie verknittert am Frühstückstisch und meinte müde:

»Heute muss ich wieder nach Hanau. Ich habe jeden Dienstag eine Verpflichtung zu erfüllen. Würde mich jemand zum Bahnhof bringen, bitte? Und ich muss dringend meine Nichte Lena anrufen.«

Das Apothekerpaar, das mit Frieda und der Mutter am Tisch saß, sah sie verblüfft an. »Frau Engel, wir haben heute Mittwoch. Dienstag war gestern!«, sagte die Apothekerin.

Frieda sank in sich zusammen und schlug verzweifelt die Hände vors Gesicht. Wie hatte ihr das nur passieren können? Was würde jetzt geschehen? Würde sie von der Polizei gesucht und endgültig eingesperrt werden?

Tonlos hauchte sie: »Ich muss sofort die Polizei in Hanau anrufen. Schnell!«

60

Unter normalen Umständen hätte ich mir gerne das Freimaurermuseum angesehen, aber jetzt lief ich hastig an der Kasse vorbei, murmelte, dass ich nur meinen Begleiter herausholen müsse, und suchte nach Andreas. Er stand versonnen vor einem Schaukasten und sah sich wertvolle Bijous, Logenabzeichen mit den Symbolen der Freimaurer, an: den Zirkel, den Winkel, den kubischen

Stein, das Pentagramm und das allsehende Auge. Er blickte auf, als er mich hörte.

»Echt interessant! Jetzt habe ich endlich eine ungefähre Ahnung davon, was die Freimaurerei überhaupt ist.«

Ich schnaufte ungeduldig. »Andreas! Wir sind hier, um Frieda zu suchen, schon vergessen? Mein Akku hat gerade den Geist aufgegeben. Schau doch bitte mal im Internet nach, wo die älteste Apotheke in Bayreuth ist.«

Andreas war mit seiner Aufmerksamkeit sofort wieder bei mir. »Oh, äh, natürlich! Entschuldigung.« Er zog lässig sein Handy aus der hinteren Hosentasche und fing an zu tippen.

Die Dame von der Kasse kam, wahrscheinlich, um zu kontrollieren, ob ich wirklich nur meinen Begleiter rausholen wollte. Sie hatte meine letzten Worte gehört und gab uns ungefragt eine Wegbeschreibung zur ältesten Apotheke der Stadt.

»Da sind Sie schneller hingelaufen als mit dem Auto gefahren!«

In mir war eine unglaubliche Unruhe. Ich musste Frieda so schnell wie möglich finden. Am liebsten wäre ich den ganzen Weg gerannt, ein unsichtbares Band schien mich zu der Apotheke hinzuziehen. Ich war überzeugt, dass ich Frieda dort finden würde, und hetzte durch die Straßen, bis ich endlich vor dem Laden stand.

Es war gerammelt voll, und ich versuchte, mich vorzudrängen, was mir den lautstarken Protest der Kunden einbrachte. Aber das war mir in diesem Moment egal.

Mit erhobener Stimme erklärte ich: »Ich suche meine Tante. Sie ist verschwunden!«

Unter Murren ließen mich die Leute bis an die Theke vor. Eine junge Verkäuferin im weißen Kittel schüttelte den Kopf und sagte zu ihren Kolleginnen: »Was hier in letzter Zeit los ist!«, und zu mir: »Sie müssen sich einen Moment gedulden. Ich hole die Chefin.«

Ich konnte mich nicht gedulden! War Frieda hier oder nicht? Das musste sie doch wissen!

Nach einer endlosen Zeit kam eine energische Dame, ebenfalls im weißen Kittel, und bat mich mitzukommen.

»Ist Frieda Engel hier? Kennen Sie sie?«, kreischte ich im Treppenhaus, schon fast hysterisch.

Die Frau nickte ruhig. »Ja, ich wollte das nur nicht im Laden besprechen. Wir haben Frau Engel heute früh zum Bahnhof gebracht.«

Sie blickte auf die Uhr und meinte abschätzend: »Die Fahrtzeit beträgt gute drei Stunden, sie könnte also gleich zu Hause in Hanau sein.«

Mir wurde schwindelig, und ich griff haltsuchend nach dem Geländer. »Ich verstehe nicht. Warum hat sie mir nicht Bescheid gesagt?«, japste ich.

Die Apothekerin fasste mich am Arm. »Ist Ihnen nicht gut? Ihre Tante hat sich im Tag vertan. Sie hat versucht, Sie zu erreichen, aber Ihre Handynummer ist ihr in der Aufregung nicht eingefallen.«

Ich ließ mich kraftlos auf die Stufen sinken. »Meine Tante war in Begleitung eines Freundes, Hans Gruber. Er ist doch bei ihr, oder? Sie ist hoffentlich nicht alleine unterwegs?«

Bildete ich mir das ein, oder verzog die Apothekerin

das Gesicht, als sie Hans Grubers Namen hörte? Sie schnaubte, und ihre Stimme klirrte eisig:

»Dieser Freund wird gerade von der Polizei gesucht. Ihre Tante vermutet, dass er für die Einbrüche bei ihr verantwortlich ist – und für eine andere Straftat. Heute Morgen ging alles sehr schnell. Wir haben nur die Hälfte verstanden.«

»Sie meinen Hans Gruber?«, fragte ich ungläubig.

»Ja, Hans Gruber«, war die verächtliche Antwort.

Ich blieb einfach auf der Treppe sitzen. Ich verstand das alles nicht. Was sollte denn Hans Gruber mit den Einbrüchen zu tun haben? Dieser freundliche ältere Herr? Unmöglich! Er hatte mir doch zur Seite gestanden, sogar das Haus nach dem Einbrecher durchsucht, als ich mich nicht mehr hineingetraut hatte! Ich schüttelte heftig den Kopf.

Die Apothekerin wurde ungeduldig. »Mehr kann ich Ihnen dazu nicht sagen. So hat Ihre Tante es mir und der Polizei erzählt. Kann ich sonst noch was für Sie tun?«

Ich spürte, dass sie mich gerne aus ihrem Treppenhaus heraushaben wollte, und schüttelte den Kopf. »Nein. Danke.«

Ich stand auf und taumelte verwirrt auf die Straße, wo Andreas mich in Empfang nahm. Ich hätte mir so sehr gewünscht, dass er mich einfach in den Arm nahm und dafür sorgte, dass alles wieder in Ordnung kam. Stattdessen ergriff er meine Oberarme, schob mich ein Stückchen von sich weg und schaute mich prüfend an.

»Was ist los? Ist deine Tante hier oder nicht?«

Ich konnte nur stammeln: »Zurück, wir müssen zurück! Während wir hierhergefahren sind, ist Frieda nach Hause. Wir haben uns verpasst. Und Hans Gruber wird von der Polizei gesucht!«

Andreas wurde hellhörig. »Der neue Freund deiner Tante? Warum? Hat der was mit dem Mord zu tun?«

Ich konnte nur mit den Schultern zucken. Plötzlich war ich unglaublich erschöpft. »Bitte, Andreas, lass uns zum Auto gehen. Ich will nur heim!«

61

Frieda saß alleine in einem Abteil und sah in die vorbei-rauschende Landschaft. Sie versuchte, alle Ereignisse zu rekonstruieren. Sie hatte Hans Gruber kennengelernt, weil er sie auf der Straße angesprochen hatte. Höflich und kultiviert hatte er sich nach Amsel erkundigt. So kamen sie ins Plaudern. Sein Dialekt war unverkennbar. Frieda hatte sich so gefreut, jemanden aus Bayreuth zu treffen! Dabei musste schon diese erste Begegnung von ihm geplant gewesen sein.

Er hatte sie ausfindig gemacht, sich in ihr Leben ge-schlichen und nur auf die Gelegenheit gewartet, um sie aus dem Weg zu räumen. Frieda schüttelte nachdenklich den Kopf. Was hätte er nach ihrem Tod gemacht? Sie hatte ein Testament hinterlegt. Das Haus würden Lena und ihr Bruder Sven erben. Jetzt erinnerte sie sich, wie scheinheilig Gruber sie ausgehorcht hatte! Wie interessiert er gefragt hatte, ob sie Kinder habe, die ihr schönes Haus einmal bekommen würden. Mitfühlend hatte er gesagt, wie schade es doch wäre, wenn das Haus in fremde Hände geriete. So ein Mistkerl! Frieda schnaubte ärgerlich. Dann bekam sie Herzrasen: Sie hätte erst das Testament ändern müssen, deshalb hatte der Gruber sie nicht um die Ecke gebracht! Aber Lena! Lena könnte er mühelos aus dem Weg räumen! Welcher Gefahr hatte sie ihre Nichte ausgesetzt?

Frieda machte sich Vorwürfe. Das Apothekerpaar hatte ihr erzählt, wie Hans Gruber tickte. Er hatte sich hilfsbereit und charmant an die Familie herangewanzt, um mit der Zeit immer mehr Geld zu verlangen. Er hatte die moralische Verpflichtung der Familie ihm gegenüber angemahnt. Als diese ihm kein Geld mehr gab, begann er, bei seinen Besuchen und bei Familienfeiern Schmuck zu stehlen. Es hatte eine Weile gedauert, bis man ihn verdächtigte.

»Wir haben doch nicht im Traum daran gedacht, dass es der nette Onkel sein könnte, der uns bestiehlt! Als wir ihn damit konfrontiert haben, hat er sein wahres Gesicht gezeigt. Er hat um sich geschlagen, dabei die Gläser vom Tisch gefegt und einen Stuhl zerdeppert«, hatte die Apothekerin Frieda berichtet. Frieda hatte ihr deutlich angesehen, wie dieses Ereignis sie mitgenommen hatte.

Der Apotheker hatte sich resigniert geäußert: »Wir haben zwar ein Hausverbot für ihn ausgesprochen, aber er kreuzt regelmäßig in der Apotheke auf und verlangt Geld.«

Frieda knetete ihre eiskalten Hände. Wie hatte sie nur auf dieses Theater von Hans Gruber hereinfallen können? Im Fernsehen hatte sie mal einen Bericht gesehen über Frauen, die einem Heiratsschwindler auf den Leim gegangen waren und viel Geld verloren hatten. Frieda hatte das nicht für möglich gehalten. Ja, wie blöd sind denn diese Frauen, dass die auf solche Kerle reinfallen?, hatte sie damals gedacht. Sie schnaubte durch die Nase. Ja, wie blöd war sie denn? Friedas Wut auf sich selbst musste irgendwie raus. Sie schlug mit der Hand auf den kleinen Tisch am Fenster und rief laut: »Wie blöd, wie blöd, wie blöd!«

»Alles in Ordnung?«, fragte der Schaffner irritiert, der in diesem Moment das Abteil betrat.

Frieda fauchte den armen Mann an: »Nichts ist in Ordnung! Nichts!«

Der Schaffner schaute sich vorsichtig im Abteil um und warf auch einen Blick links und rechts in den Gang. Dann forderte er Frieda stoisch auf, die Fahrkarte zu zeigen. Frieda suchte grummelnd in ihrer geräumigen Handtasche nach dem Ticket und reichte es dem Bahnbediensteten mit der ungeduldigen Frage, wie lang es denn noch dauern würde, bis der Zug endlich in Hanau sei.

»Da liegt der Fahrplan!«, erwiderte der Schaffner gereizt und zeigte auf das Tischchen. Dann verließ er hastig das Abteil.

Frieda versank wieder in ihre unruhigen Gedanken. Der Mord an der jungen Frau, war das Gruber gewesen, um sie hinter Gitter zu bringen? Und dann? Was wäre sein weiterer Plan gewesen? Lena hatte gesagt, beim ersten Einbruch hätte jemand Suppe gekocht. Hatte Gruber das getan, um schon mal Probe zu wohnen? Beim zweiten Einbruch hatte er ihre Geldkassette genommen, um an Bargeld zu kommen. Ganz klar.

Am Morgen hatte Frieda diesem jungen Beamten in Hanau alles telefonisch geschildert. Den Ärmsten mit der schlimmen Akne hatte sie bereits bei ihren Verhören kennengelernt. Frieda dachte milde: Ein guter Junge ist das! Er hatte sie beruhigt. Man hätte bei ihr eine Ausnahme gemacht und sie nicht zur Fahndung ausgeschrieben. Sie müsse nicht mit Konsequenzen rechnen, wenn sie sich einen Tag zu spät auf der Polizeistation in Hanau meldete. Sie würde nicht strafrechtlich verfolgt werden. Da war Frieda erleichtert gewesen!

Sie lehnte sich zurück. Diesem Beamten mit den störrischen blonden Haaren hatte sie gesagt, was sie über Hans Gruber wusste. Ob der junge Mann alles verstanden hatte? Er hatte gefragt, wann sie in Hanau ankommen würde, und angekündigt, dass man sie heute noch für eine Aussage abholen würde. Frieda war beunruhigt. Völlig übermüdet und doch hellwach, quälte sie sich mit Selbstvorwürfen und mit der Angst um Lena.

62

Auf der Heimfahrt wurde mir beinahe schlecht. Andreas fuhr sehr rasant. Während er das Gaspedal durchtrat, hielt er sich das Telefon ans Ohr und sprach mit Peter.

»Hör mal, Peter, ich war mit Lena gerade in Bayreuth, nach eurer Verdächtigen suchen. Die müsste inzwischen wieder in Hanau sein. Ach, das weißt du schon? Okay. Und dass wahrscheinlich ein gewisser Hans Gruber der Einbrecher ist, weißt du auch? Aha, Fahndung läuft? Na dann ist ja alles bestens! Wir? Wir sind in ungefähr zweieinhalb Stunden in Hanau. Ja, bis dann. Tschöö!«

Wenn Andreas weiter so raste, wären wir in weniger als einer Stunde zurück in der Hohen Tanne. Ich machte die Augen zu und simulierte einen tiefen Schlaf. Dann musste ich die vorausfahrenden Autos, denen wir uns mit beängstigender Geschwindigkeit von hinten näherten, wenigstens nicht sehen.

Ich hatte wohl so gut simuliert, dass ich darüber wirklich eingeschlafen war. Kurz danach parkten wir nämlich vor Tante Friedas Haus, und ich stieg, noch etwas benommen, aus dem Auto.

Die Haustür wurde aufgerissen. Frieda eilte heraus und drückte mich. »Kind! Ich habe mir ja solche Sorgen gemacht! Wo ist meine Amsel?«

Na ja, eigentlich war doch eher ich diejenige, die sich Sorgen gemacht hatte! Schließlich war es Frieda, die für ein paar Tage weg war, ohne sich zu melden.

Hinter ihr erschienen Bärbel König und Peter. Frieda erklärte mir seufzend: »Ich muss noch mal auf die Dienststelle, um auszusagen. Du sollst auch mit!«

Ich war irritiert und musste mir erst mal die Augen reiben. Andreas beruhigte Frieda und sagte ihr, dass Amsel wohlauf und gut bei seiner Mutter untergebracht sei.

Peter war mit ein paar Schritten bei Andreas und klopfte ihm zur Begrüßung auf die Schulter, als gebührte ihm eine besondere Anerkennung. Wofür eigentlich? Dafür, dass er mich an einem Tag nach Bayreuth und zurück gefahren hatte? Oder dafür, dass er Amsel bei seiner Mutter untergebracht hatte?

Plötzlich ging gegenüber die Haustür auf, und Wittibert trat auf die Straße. Er blickte eine Weile stumm zu uns herüber, dann nickte er und rief mit einer gewissen Verachtung in der Stimme:

»Ach, der Andreas Elvers ist auch dabei! Na, da sind ja die Richtigen versammelt!«

Ich war wie vom Donner gerührt, und wie es aussah, waren auch Peter und seine Kollegin erstaunt. Peter hatte sich als Erster wieder gefangen. »Andreas, ihr kennt euch?«

Ich war genauso verblüfft wie er. Andreas hatte mit keinem Wort erwähnt, dass er Wittibert kannte! Die ganze Zeit nicht, obwohl das Geschehen bei Wittibert unser ständiges Gesprächsthema gewesen war.

Andreas winkte ab und zuckte gelangweilt mit den Schultern. Peter war ganz offensichtlich irritiert. »Würde mich schon interessieren, woher du Herrn Wittibert kennst und wieso du es nicht für nötig gehalten hast, das zu erwähnen.«

Andreas reagierte überhaupt nicht darauf, er starrte einfach vor sich hin. Plötzlich lag eine fast greifbare Spannung in der Luft. Alle schauten Andreas an, und keiner sagte etwas.

Bärbel sah zu Peter, dessen Blick starr auf Andreas gerichtet war. Fast zaghaft fragte sie dann:

»Herr Elvers, wollen Sie uns vielleicht etwas mitteilen? Sollen wir Sie mit auf die Dienststelle nehmen?«

Andreas wurde plötzlich aggressiv. »Mich? Nein! Dazu sehe ich keinen Grund. Ich habe eine anstrengende Fahrt hinter mir. Ich habe Lena hergebracht, und jetzt muss ich gehen. Ich habe noch einen Termin. Peter, kümmerst du dich darum?« Andreas machte eine ungeduldige Handbewegung, als wären Frieda und ich Gegenstände, die auf einem Tisch standen und die noch jemand wegräumen musste.

Peter kniff die Augen zusammen und rieb sich das Kinn. Er sprach ganz langsam: »Nee, Andreas. Du bleibst jetzt bitte mal hier. Ich möchte zuerst wissen, woher du Herrn Wittibert kennst.«

Andreas blaffte ihn an, dass er das nicht mehr so genau wüsste. Er schüttelte missbilligend den Kopf, dann sagte er mit einem Blick auf die Uhr:

»Peter, können wir uns später darüber unterhalten? Ich muss jetzt echt weg und mich um einen wichtigen Auftrag kümmern!«

Deshalb war Andreas auf der Heimfahrt so gerast! Er hatte doch noch sein wichtiges Projekt! Dass sein Kumpel Peter so polizeimäßige Fragen stellte, fand ich auch ziemlich blöd und unangemessen.

Andreas hatte es eilig, verabschiedete sich hastig und rief mir nur kurz zu:

»Lena, du kümmerst dich um den Dackel, ja?«

Mit diesen Worten stieg er ins Auto und war weg.

63

Frieda ging ins Haus, um sich ihre Jacke zu holen, und ich blieb mit Peter und Bärbel so lange auf der Straße stehen. Ich wusste zwar nicht, warum ich mit zur Polizei fahren sollte, aber ich ergab mich seufzend. Wittibert kam zu uns herüber und fragte:

»Warum ist Frau Engel denn wieder auf freiem Fuß? Ist sie doch nicht die Mörderin? Haben Sie den Täter mittlerweile, oder muss ich weiter um mein Leben fürchten?«

Peter knurrte unfreundlich: »Über die laufenden Ermittlungen können wir Ihnen nichts sagen.«

Daraufhin wandte Wittibert sich mir zu und fragte: »Ist der Andreas Elvers ein guter Bekannter von Ihnen? Der hat mal für mich gearbeitet und ein Projekt in den Sand gesetzt. Hat mich richtig viel Geld gekostet. Danach folgte ein Rechtsstreit, weil ich ihn auf Schadensersatz verklagt habe. Ich habe vor Gericht gewonnen. Das hat dem natürlich nicht geschmeckt. Er hat mir hinterher gedroht, dass er sich sein Geld schon irgendwie wiederholen würde.«

Bärbel und Peter sahen sich einen Moment lang an. Peter nickte kurz und sagte zu mir:

»Lena, geh mal besser ins Haus zu deiner Tante, und ruh dich aus. Wir haben erst noch was anderes zu erledigen. Aber wir kommen später wieder und holen euch ab!«

Nach Wittiberts Worten war mir sofort klar, was die beiden vorhatten: Sie würden zu Andreas gehen. Der musste doch wissen, woher er Wittibert kannte. Einen Rechtsstreit vergaß man doch nicht einfach. Dieser Blick, den sich die Kommissare zugeworfen hatten, beunruhigte mich zutiefst.

Frieda kam aus dem Haus und sah noch den wegfahrenden Kommissaren hinterher und Wittibert, der in sein Haus zurückwatschelte.

»Was ist denn jetzt? Ich dachte, wir sollten mitfahren?«

Ich zuckte mit den Schultern, sprechen konnte ich nicht. Irgendwie wollte ich den ungeheuren Verdacht nicht in Worte fassen. Ich murmelte, dass ich Amsel abholen würde. Ich ließ Frieda einfach auf der Straße stehen, setzte mich in mein Auto und fuhr in den nächsten Ort zu Andreas' Mutter. Ich war verstört und wollte einfach was ganz Normales machen. Andreas' Mutter war erstaunt, dass ich und nicht ihr Sohn den Hund abholen kam. Ich gab keine weitere Erklärung dazu ab. Das konnte ich nicht, ich war wie ferngesteuert.

Bei Frieda angekommen, begrüßte der Dackel mit Saltos, Hüpfen, Drehungen und Schlabbern sein Frauchen.

Als sich Amsel beruhigt hatte, setzte ich mich in die Küche und streichelte sie mit gleichmäßigen Bewegungen. Das gefiel ihr, und mich beruhigte es irgendwie. Frieda hatte sich wohl nach ihrer Ankunft aus Bayreuth gleich an das Ansetzen eines Hefeteiges gemacht. Sie holte wunderbar duftende Buchteln aus dem Ofen. Die Vanillesoße dafür stand schon auf dem Tisch.

»Habe ich extra für dich gemacht, Lenalein! Die magst du doch so!«

Unter normalen Umständen waren Buchteln eines meiner Lieblingsgerichte, aber nun bekam ich keinen Bissen herunter. Warum hatte Andreas nicht gleich gesagt, woher er den Wittibert kannte, und warum war er so schnell weggefahren? Hatte er wirklich einen wichtigen Termin?

Frieda wusste nicht, was mich aus der Bahn geworfen hatte. Sie hatte die Worte von Wittibert über Andreas nicht gehört. Dennoch versuchte sie, mich zu beruhigen:

»Mach dir nicht so viele Gedanken. Es wird sich schon alles aufklären!«

Munter fügte sie hinzu, ich solle endlich eine Buchtel essen, denn wenn wir erst von den Kommissaren zum Verhör abgeholt würden, gebe es nichts mehr für uns.

»Und wenn wir beide im Gefängnis landen, Lena, dann ist das jetzt unsere Henkersmahlzeit!«

Ich blitzte Frieda böse an. Wie konnte sie darüber schon wieder Scherze machen?

64

Peter und Bärbel waren mit dem Auto um die Ecke gefahren und parkten direkt vor Andreas' Haus. Sein Roadster war nicht zu sehen. Bärbel hatte nicht vergessen, was ihr in diesem Haus widerfahren war. Wie sie damals von Jasmin Elvers, der Exfrau von Andreas, in den Bunker eingeschlossen worden war. Sie versuchte, das unbehagliche Gefühl wegzuatmen, das sie beschlich. Sie klingelten und klopften, aber niemand öffnete die Tür. Peter zückte sein Handy und versuchte, seinen Kumpel anzurufen. Auch hier Fehlanzeige.

Er ballte die Faust und schlug mit voller Wucht gegen die Eingangstür.

»Scheiße!«, brüllte er. »Das kann doch nicht sein, oder? Doch nicht Andreas! Wenn der was mit dem Mord zu tun haben sollte – ich weiß nicht, was ich dann mache.«

Bärbel konnte ungefähr nachfühlen, wie es Peter gehen musste. Seinen besten Freund zu verdächtigen war im Leben eines Polizisten so ziemlich das Schlimmste, was man sich vorstellen konnte.

»Peter, denkst du auch, was ich denke? Wir müssen Andreas so schnell wie möglich finden und ihn befragen. Ich weiß, es hört sich schrecklich an, aber wenn er sich wirklich an Wittibert rächen wollte, gehört er zum Kreis der Verdächtigen.«

Peter biss sich auf die Lippe und nickte grimmig.

»Weit kann er nicht sein!«, meinte Bärbel. Sie schob Peter die Stufen vor der Haustür wieder hinab und sagte:

»Besser wir erwischen ihn gleich, bevor wir eine Fahndung einleiten müssen. Los jetzt!«

Schnell stiegen sie ins Auto, Peter setzte das Blaulicht
aufs Dach und gab Gas.

»Wohin würde dein Freund fahren, hast du eine Idee?«,
fragte Bärbel.

Peter schüttelte den Kopf. »Wenn er wirklich was mit
dem Mord zu tun haben sollte, würde ich sagen, dass er
Richtung Flughafen fährt.«

Mit dem Blaulicht auf dem Dach und eingeschaltetem
Martinshorn überfuhren sie alle roten Ampeln. Auf der
Schnellstraße am Main Richtung Frankfurt wichen die
Autofahrer auf die rechte Seite aus. Noch vor dem Kai-
serlei-Kreisel meinte Bärbel, den auffälligen Roadster
weiter vorne zu sehen. Peter schaltete Blaulicht und Martinshorn aus. Bärbel fragte:

»Soll ich Verstärkung anfordern?«

Peter schüttelte verbissen den Kopf. »Den holen wir
uns alleine. So wie es aussieht, fährt er auf die A 661.
Kurz vorm Offenbacher Kreuz gibt es einen Parkplatz.
Da drängen wir ihn ab.«

Peter verfolgte den Roadster zunächst mit Abstand,
ließ zwei, drei Fahrzeuge zwischen ihnen fahren. Erst auf
der dreispurigen Autobahn schloss er auf und machte
das Signal wieder an. Andreas fuhr auf der linken Spur,
und Peter musste ihn rechts überholen. Er setzte sich vor
Andreas, bremste ihn aus, und Bärbel winkte mit der Po-
lizeikelle aus dem Fenster Richtung Seitenstreifen.

»Ziemlich riskant, was wir hier machen«, murmelte
Bärbel.

»Der haut nicht ab!«, war sich Peter sicher. Sie fuhren vor Andreas her bis zum Parkplatz. Dort angekommen, stiegen alle aus.

Andreas rief noch im Aussteigen: »Was ist denn los? Brennt es irgendwo, oder willst du dich mit mir verabreden? Hättest du einfacher haben können!«

»Tja«, sagte Peter, »dazu hättest du ans Telefon gehen müssen. Ich muss dich bitten, mit uns zu kommen. Wir haben ein paar Fragen an dich.«

»Spinnst du? Ich habe einen wichtigen Geschäftstermin!«

»Ach ja, um diese Zeit noch? Interessant!«, meinte Bärbel sarkastisch. »Wo soll der denn stattfinden, dieser wichtige Termin?«

Sie hatte die Hand auf ihrer Waffe. Dennoch hoffte sie, dass es eine harmlose Erklärung für Andreas' schnelles Verschwinden gäbe. Sie ließ ihn keine Sekunde aus den Augen. Peter sagte:

»Gib mir deinen Autoschlüssel, und steig bei uns ein. Fertig. Ende der Diskussion.« Seine Stimme klang müde und erschöpft.

Andreas rückte den Schlüssel raus und blickte sich nervös um.

»Denken Sie nicht mal daran. Sie haben keine Chance«, warnte Bärbel ihn.

»Sag mal, was will die von mir?«, wandte sich Andreas an Peter. »Hab ich irgendwas getan? Ich verstehe nicht, was das hier soll. Seid ihr komplett durchgedreht? Ich habe einen Termin am Flughafen. Mein Geschäftspartner fliegt heute Abend weiter. Wenn mir wegen euch das

Geschäft durch die Lappen geht, zahlt ihr mir dann den Ausfall? Sicher nicht. Also, Peter, mach keinen Scheiß. Lass mich weiterfahren.«

»Hör mal zu, mein Lieber! Du hast uns eben weismachen wollen, dass du nicht wüsstest, woher du Wittibert kennst. Gab es da nicht mal einen Rechtsstreit mit ihm? Hast du das vergessen?«, schnauzte Peter seinen Freund an.

Nun war Andreas baff und fing an zu stottern: »Äh, ja – ja richtig, da war was!« Nach einem kurzen Moment hatte er sich wieder gefangen. »Und deshalb bremst du mich auf der Autobahn aus?«

Peter hob die Augenbrauen und nickte. »Genau deshalb. Du erzählst mir jetzt, worum es bei diesem Rechtsstreit mit Wittibert ging.«

»Puh, Peter, das ist schon so lange her«, wand sich Andreas.

Peter ging nicht darauf ein, sondern gab nur ein ungeduldiges Schnauben von sich.

»Ist ja gut«, lenkte Andreas ein. »Wittibert und ich hatten mal geschäftlich miteinander zu tun.« Während Peter ihn schweigend fixierte, fuhr er fort: »Ich habe damals richtig viel Arbeit und Zeit in ein Projekt investiert, und dann ist mir alles um die Ohren geflogen, weil ich zu Beginn versäumt hatte, ein paar Genehmigungen einzuholen. Wittibert, der das Ganze finanziert hat, wollte sein Geld zurück. Das ich ja nicht mehr hatte. Das Arschloch hat sich auf nichts eingelassen und mich vor Gericht gezerrt, der Idiot. Obwohl man das Ganze auch anders hätte regeln können.«

»Und du hast ihm gedroht?«, hakte Peter nach.

»Ach, Peter – was heißt gedroht? Ja, kann sein, dass ich ihm in meinem Ärger ein paar unschöne Worte gesagt habe.«

Peter forschte weiter: »Du wolltest das Geld zurück, oder? Wittibert ist dein Feind, der dich um dein ganzes Vermögen gebracht hat, und dieser Feind zieht zufällig in deine Parallelstraße. Liegt doch nahe, da mal nachzuschauen, oder? Also bist du in sein Haus, aber Wittibert war gar nicht da. Vielleicht wusstest du sogar, dass er nicht da sein würde. Wolltest du dir aus seinem Haus irgendwas mitnehmen, um deinen Verlust auszugleichen?«

Peter kniff die Augen zusammen, und sein Blick ruhte auf Andreas, der sich nervös auf die Lippe biss.

»Du bist also in sein Haus gegangen«, stellte Peter fest und fuhr dann ruhig fort: »Und dort wurdest du von dem Mädchen überrascht? Du hattest nicht damit gerechnet, dass jemand im Haus sein würde. War es so?«

Andreas sagte nichts. Er wich Peters prüfendem Blick aus.

Peter nickte. »Du hast sie im Affekt erschlagen.«

Bärbel stand die ganze Zeit schweigend daneben. Wie ruhig und sachlich Peter blieb! Wie seine sanften und einfühlsamen Worte Andreas einlullten. Peter sprach wie mit einem Kleinkind, dem er liebevoll erklärte, warum man die Wand nicht mit Farbe beschmieren durfte. Welche Anstrengung es Peter kostete, erkannte Bärbel daran, dass er die Hände immer wieder kurz zu Fäusten ballte.

Peter machte behutsam weiter: »Andreas, wenn es im

Affekt war, sag es. Ich bin dein Freund. Ich helfe dir.« Er legte seine Hand auf Andreas' Schulter.

Andreas sah ihm in die Augen. »Peter, ich wollte das nicht. Das musst du mir glauben. Ich wollte nur, dass sie still ist und nicht anfängt zu kreischen. Ich wollte ihr nur einen kleinen Schlag auf den Kopf geben, damit sie die Klappe hält.«

Erschöpft erwiderte Peter: »Wir fahren jetzt zurück nach Hanau. Dort wirst du alles zu Protokoll geben. Als dein Freund kann ich dir nur raten: Sei geständig – das ist das Beste, was du jetzt tun kannst.«

Peter wandte sich von Andreas ab und drückte Bärbel die Autoschlüssel in die Hand. Sie sah die Tränen in seinen Augen. Er wischte sich übers Gesicht.

»Besser, du fährst«, presste er heraus.

Wie gern hätte Bärbel Peter in den Arm genommen und ihn getröstet! Sein bester Freund! Wie konnte Andreas ihm das nur antun?

Sie legte Andreas Handschellen an und sagte: »Sie sind hiermit festgenommen wegen des dringenden Tatverdachts im Mordfall Malgorzata Mazur.« Dann schob sie ihn auf die Rückbank.

65

Ich war hundemüde. Amsel hatte sich schon vor langer Zeit in ihrem Körbchen zusammengerollt und zuckte manchmal mit den krummen Beinchen, als würde sie im Traum einem Kaninchen nachjagen. Ich hatte den Buchteln mit Vanillesoße natürlich nicht lange widerstanden und lag mit einem angenehmen Völlegefühl auf Friedas Sofa. Buchteln hatten eindeutig etwas Tröstliches und Beruhigendes. Es war ein anstrengender Tag gewesen. In einem Rutsch nach Bayreuth und zurück zu fahren hatte mich völlig erschöpft.

Es hatte schon gedämmert, als ich mit Andreas wiedergekommen war, und jetzt war es stockdunkel. Ich war vorhin noch mal mit Amsel an seinem Haus vorbeigelaufen. Es war still und düster gewesen, und auf mein Klingeln hatte niemand reagiert, auch am Telefon meldete er sich nicht.

Tante Frieda saß in ihrem Ohrensessel. Ihr waren schon längst die Augen zugefallen. Auch ich dämmerte immer wieder weg. Frieda hatte mir berichtet, wie es ihr in Bayreuth ergangen war und als was für ein Psychopath dieser Hans Gruber sich entpuppt hatte. Ich war geschockt. Ich war mit diesem Kerl alleine im Haus gewesen! Wir beide hatten ihm vertraut.

Nachdem ich Frieda ebenfalls von meinem kurzen Ausflug nach Bayreuth erzählt hatte, beschlossen wir, im nächsten Frühjahr gemeinsam hinzufahren, um danach neue, schöne Erinnerungen an Bayreuth zu haben.

Ich erwachte erneut aus einem kurzen Nickerchen und blickte auf die Uhr. Es war mitten in der Nacht. Würden wir jetzt noch zum Verhör abgeholt werden, oder konnte ich mich ins Bett legen?

Irgendwie scheute ich mich davor, Peter auf seinem

Handy anzurufen. Ich hatte, wie schon einmal, Angst vor den Antworten, die ich nicht hören wollte.

Erst am nächsten Morgen kamen Peter und Bärbel bei uns vorbei.

Peter hatte tiefe Augenringe, sein Gesicht sah grau und müde aus, ein bitterer Zug lag um seinen Mund. Er legte mir die Hand auf die Schulter und sagte mitfühlend:

»Lena, ich kann mir ungefähr vorstellen, wie es dir geht. Andreas war mein bester Freund. Ich bin so enttäuscht. Meine Reputation hat Andreas komplett zerstört.«

Mehr musste er nicht sagen. Das Ungeheuerliche sprach er nicht aus. Ich wollte es auch gar nicht hören. Die ganze Nacht über hatte ich bang auf eine schlüssige Erklärung gehofft, warum Andreas gestern Abend so eilig aufgebrochen war. Es durfte nicht sein, es durfte einfach nicht sein! Nach all der Anspannung heulte ich nur noch los:

»Sag, dass das nicht wahr ist. Es war nicht Andreas. Er war es nicht! Bitte nicht!«

Ich sank auf einen Stuhl. Mein Herz tat so weh! Meine Kehle schnürte sich zusammen.

Während Frieda Hochprozentigen aus dem Wohnzimmer holte, obwohl es noch früh am Morgen war, setzte sich Bärbel neben mich und nahm meine Hand.

»Sie standen ihm sehr nahe?«

Ich schniefte, schüttelte den Kopf und murmelte:
»Hätte ich gerne gehabt.«

Bärbel reichte mir ein Taschentuch und Frieda einen Schnaps.

Bärbel blickte zu Peter, wohl um sich zu vergewissern, dass sie mir von den neuesten Entwicklungen berichten durfte.

»Andreas hat uns gesagt, dass Wittibert ihn um sein ganzes Geld gebracht hat. Viel Geld, ungefähr im Wert von einem seiner Oldtimer. Und als Wittibert ausgerechnet hierher in die Hohe Tanne gezogen ist, kam es Andreas wie Fügung vor und schien ihm die Gelegenheit zu sein, sich sein Geld wiederzuholen. Er ist tatsächlich bei Wittibert eingestiegen.«

Bärbel machte eine kurze Pause, und Peter sagte zu Frieda:

»Frau Engel, kann ich bitte auch einen haben?«

Frieda sprang auf und brachte für alle Schnapsgläser, die sie mit Obstler füllte. Entschuldigend sagte sie: »Ich habe leider nichts anderes ...«

Es war mir ziemlich egal, was Frieda mir da hinstellte. Peter und ich tranken den Schnaps. Ich fühlte mich dadurch nicht wirklich besser. Frieda goss noch mal nach, während Bärbel fortfuhr:

»Andreas ist bei Wittibert eingestiegen, um einen der Oldtimer zu stehlen. Das Opfer saß auf dem Sofa und hatte noch nicht mal mitgekriegt, dass er im Haus herumschlich. Er wollte ihr nur einen leichten Schlag auf den Kopf geben, um sie außer Gefecht zu setzen und zu verhindern, dass sie schrie oder die Polizei rief.«

Frieda und ich schüttelten fassungslos den Kopf. Ich schluchzte: »Doch nicht Andreas!«

Peter rieb sich das Gesicht und sagte, bis ins Innerste erschüttert: »Lena, ich will es doch auch nicht glauben.«

Bärbel berichtete nüchtern weiter und sah dabei Frieda an:

»Als er gemerkt hat, dass sein Schlag zu fest ausgefallen war, ist er kurz in Panik geraten. Er sah aus dem Fenster und erblickte Sie, Sie kamen wohl in diesem Moment gerade nach Hause. Da hatte er die Idee, den Verdacht auf Sie zu lenken. Er wusste, dass Sie ein Problem mit Herrn Wittibert hatten. Diese Tatsache half ihm.«

Peter trank auch seinen zweiten Schnaps in einem Schluck aus. »Für mich ist unfassbar, dass Andreas danach eiskalt und berechnend zum Wilhelmsbader Bahnhof gefahren ist. Er hat die Polizei vom öffentlichen Fernsprecher aus angerufen, und dann hat er Sie, Frau Engel, mit seinem Zweithandy kontaktiert. Diese Kaltschnäuzigkeit hat mich umgehauen.« Peter reichte Frieda sein leeres Glas für eine weitere Füllung. »Hat jemand von euch ein Zweithandy? Mit Prepaidkarte? Also ich nicht. Der begeht einen Mord und plant seelenruhig ein Ablenkungsmanöver. Ich bin – was soll ich sagen? Erschüttert! Einfach nur erschüttert.« Peter trank verzweifelt seinen dritten Schnaps.

Bärbel drückte tröstend seinen Arm und erklärte uns:

»Aufgrund dieser neuen Erkenntnisse werden wir den Fall seiner Exfrau Jasmin Elvers noch einmal aufrollen. Können Sie sich an die Frau erinnern?«

Natürlich konnte ich mich an die aufgedonnerte Exfrau von Andreas erinnern! Diese Schlampe mit Doppel-D und hochhackigen Highheels war plötzlich in Andreas' Leben aufgetaucht, und für mich war kein Platz mehr gewesen. Dann hatte sich herausgestellt, dass die Frau für eine Reihe von mysteriösen Todesfällen in der Hohen Tanne verantwortlich war, und sie wurde verurteilt. Daran hatte Andreas schwer zu knabbern gehabt, und ich Idiotin hatte ihm noch beigestanden!

»Wir glauben mittlerweile, dass Andreas von den Machenschaften seiner Frau gewusst hat«, erläuterte Bärbel. »Die beiden haben ja ziemlich überstürzt geheiratet, und zwar unmittelbar nach der gerichtlichen Auseinandersetzung mit Wittibert. Andreas steckte finanziell in der Klemme.«

Bärbel wandte sich an Peter und mich. »Hat er damals nicht mit euch darüber gesprochen?«

Peter zuckte mit den Schultern. »Ich erinnere mich dunkel, dass er geschäftliche Schwierigkeiten hatte. Ich wusste nicht, dass es so ernst war. Ich war wohl damals zu sehr mit mir selbst beschäftigt.«

Ich schüttelte bloß den Kopf.

»Vielleicht gehörte diese Blitzhochzeit bereits zum Plan«, mutmaßte Bärbel. »Als frisch verheiratetes Paar konnten sie sich natürlich das Vertrauen der Nachbarn viel leichter erschleichen. Wir werden überprüfen, ob Andreas an den abscheulichen Morden beteiligt war.«

Mir wurde schlecht. Auch ich trank ein weiteres Glas Schnaps.

Peter sah mich an und versuchte, mich zu trösten: »Lena, sei froh, dass er wenigstens den Anstand hatte, nichts mit dir anzufangen. Er wusste, was du für ihn empfindest. Ein Glück, dass er dir das erspart hat.«

Wie sollte ich darüber froh sein? Machte das irgend-was besser?

Frieda hatte die ganze Zeit geschwiegen. Nun fragte sie: »Und Hans Gruber? Was ist mit dem?«

Bärbel nickte. »Den haben wir auch. Die Bayreuther Kollegen haben ihn heute Nacht in einer Gartenlaube ge-funden. Seine Adresse in der Hohen Tanne, die Sie uns gegeben haben, war übrigens falsch. Er wohnte im Hotel Waldschlösschen. Dort hat er die Zeche geprellt. Er hat zugegeben, die Einbrüche bei Ihnen begangen zu haben. Ihren Hausschlüssel hatte er sich bei einem seiner Besu-che angeeignet. Ihr Sparbuch wurde ebenfalls bei ihm si-chergestellt. Das werden Sie wiederbekommen.«

Frieda nickte. Sie hatte also richtig vermutet, dass Hans Gruber bei ihr eingebrochen war. »Und woher wusste der Andreas, dass ich Wittiberts Schlüssel habe?«

Peter und Bärbel sahen mich an.

Ich biss mir auf die Lippe. Ich konnte doch nicht ah-nen, was Andreas aus dieser Information machen würde! Ich hatte ihn irgendwann mal angerufen, um mich mit ihm zu verabreden. Bei dieser Gelegenheit hatte ich ihm vom Kaffeetrinken und der Schlüsselüber-gabe bei Wittibert erzählt. Ich hatte mich über Friedas moralische Keule lustig gemacht, die sie Wittibert wegen seiner Damenbesuche um die Ohren gehauen hatte.

Bärbel strich Peter zärtlich und tröstend über die Wange. Sanft sagte sie: »Komm, es war eine kurze Nacht. Ich bring dich jetzt nach Hause und hau dir ein paar Eier mit Speck in die Pfanne. Du kannst sicher eine Stär-kung gebrauchen!«

Bei diesen Worten und der liebevollen Geste schossen mir wieder die Tränen in die Augen. Andreas war nicht tot, und trotzdem war ich so voller Trauer, als wäre er gestorben. Peter hatte seinen besten Freund verloren, aber seine offensichtlich mehr als gute Kollegin würde ihn trösten und ihm beistehen.

Ich hatte meine große Liebe verloren, aber ich hatte keinen Freund, der mir über diesen Verlust hinweghelfen würde. Ich fühlte mich in diesem Moment so leer und einsam wie noch nie.

Und doch wusste ich tief in mir, dass es nach dieser Enttäuschung, nach dem verlorenen Vertrauen in einen Menschen und dem Zweifel an meine Intuition weitergehen würde.

Ich werde neue Menschen kennenlernen, die Freunde werden, denen ich vertrauen kann, die ich lieben werde.

Ich glaube, das nennt man Hoffnung.

ENDE

Dies ist ein Roman. Die Personen und die Handlung sind frei erfunden.

Die Teile des Romans, die in den Kriegsjahren spielen, beruhen teilweise auf Tatsachen. Nach den Berichten meiner Mutter ist meine Großmutter, Margarete Albrecht, geb. Hoffmann, am 24. April 1936 in Bad Neuenahr während eines verordneten Kuraufenthaltes verstorben.

Meine Großeltern wurden tatsächlich in der Nacht vor der Abreise nach Bad Neuenahr von Dr. med. Leon Steinberger davor gewarnt, diese Kur anzutreten.

Dr. med. Leon Steinberger wurde im November 1943 in Auschwitz ermordet.

(Quelle: Dr. Ekkehard Hübschmann: »Kompilierte Daten und Informationen zu den jüdischen Bayreuthern 1759–1944«, www.geschichtswerkstatt-bayreuth.de)

Meine Mutter lebte bisher in dem Glauben, dass sie während der Kriegszeit als Halbwaise von den Freimaurern gespeist wurde. Erst die Recherchen für dieses Buch haben ergeben, dass das Logenhaus durch die Nationalsozialistische Partei enteignet worden war und von der Stiftung der Nationalsozialistischen Volkswohlfahrt organisiert wurde.

Heute beherbergt das Logenhaus das Deutsche Freimaurermuseum.

Meine Mutter war im Krieg tatsächlich kurzzeitig in die Apothekerfamilie der ältesten Apotheke in Bayreuth, der Mohren-Apotheke, aufgenommen worden. Das ist aber auch schon alles. Alles andere habe ich erfunden. Die Besitzer und Betreiber der Mohren-Apotheke haben nichts mit den Personen in diesem Roman gemeinsam.

Für die Informationen über Wilhelmsbad habe ich das Buch von Gerhard Bott, »Heilübung und Amüsement: Das Wilhelmsbad des Erbprinzen« (Cocon Verlag 2007), zu Hilfe genommen.

Danksagung

Ich danke Herrn Rudi Birkle, Alt- und Ehrenstuhlmeister der Freimaurerloge »Eleusis zur Verschwiegenheit« in Bayreuth, der mir alle meine Fragen umfassend beantwortet und mir erlaubt hat, ihn im Roman namentlich zu nennen.

Dank gilt auch den Menschen, die mir zur Seite gestanden, alle fachlichen Fragen geduldig beantwortet haben und kritische Erstleser waren: Strafrichterin Coretta Oberländer, Polizeihauptkommissarin Angelika Rinke und Kriminalhauptkommissar Mark Rinke.

Besonderer Dank gilt meinem Mann, der alles getan hat, damit ich in Ruhe schreiben konnte.

Rezepte
von Tante Frieda

Friedas Kartoffelgemüse

500 g vorwiegend fest- kochende Kartoffeln	1 Esslöffel Speisestärke
1 Zwiebel, 1 Lorbeer- blatt, 2 Nelken	50 bis 75 ml Schlagsahne
400 ml Gemüsebrühe	1 bis 2 Esslöffel Kapern
¼ Bio-Zitrone	Salz, Pfeffer, Senf, Zitronensaft
	1 Prise Zucker

Zubereitung

Kartoffeln schälen, in mundgerechte Stücke schneiden.

Zwiebel abziehen, mit Nelken und Lorbeerblatt spicken. Gemüsebrühe mit Kartoffelstücken, Zitronenviertel, gespickter Zwiebel zum Kochen bringen.

Ca. 15 Minuten köcheln lassen, bis die Kartoffeln weich sind.

Zitronenviertel und Zwiebel aus dem Topf nehmen. Speisestärke mit etwas kaltem Wasser glattrühren, in das kochende Kartoffelgemüse geben, einmal aufkochen lassen, Hitze reduzieren.

Schlagsahne zugeben, Kapern zufügen und Gemüse mit Salz, Pfeffer, Senf, Zitronensaft und einer Prise Zucker abschmecken.

Anmerkung von Lena:

Dazu schmecken die Wildschwein-Frikadellen natürlich am allerbesten! Jetzt, wo der Jäger nicht mehr in der Hohen Tanne lebt, gibt es bei Frieda normale Frikadellen dazu. Auch lecker. Manchmal reichen aber auch einfach nur ein grüner Salat oder Gemüsebratlinge.

Friedas Frankfurter Kartoffelsalat

1 kg kleine, festkochende Kartoffeln (auch »Drillinge« oder »Schwenkkartoffeln« genannt)

1 Kräuterpaket Frankfurter Grüne Soße
1 bis 2 Becher Schmand
milder Weißweinessig
Salz, Pfeffer

Zubereitung

Die Kartoffeln gründlich schrubben und ca. 15 bis 20 Minuten in der Schale weichkochen lassen. In der Zwischenzeit die Kräuter waschen und fein hacken. Kräuter mit dem Schmand verrühren und mit Essig, Salz und Pfeffer abschmecken.

Die Kartoffeln abkühlen lassen und halbieren und mit dem Kräuter-Schmand vermengen. Nach dem Durchziehen nochmals abschmecken.

Anmerkung von Lena:

Als ich noch in einer Werbeagentur fest angestellt war, aß ich während eines Fotoshootings in New York so einen ähnlichen Kartoffelsalat mit Kräutern und Sour Cream. Zu Hause habe ich das Frieda erzählt, die daraufhin diesen Frankfurter Kartoffelsalat kreierte.

Brotsuppe

150 g altbackenes Bauern-brot	1 Zwiebel
1,2 l Knochenbrühe	40 g Margarine
	Schnittlauch

Zubereitung

Zwiebel in feine Ringe schneiden und im Fett bei kleiner Hitze goldbraun werden lassen.

Schnittlauch in feine Röllchen schneiden.

Brot in kleine Stücke schneiden und mit der heißen Brühe aufgießen.

Zwiebeln und Schnittlauch darüber geben.

Anmerkung von Lena:

Das ist das Originalrezept aus schlechten Zeiten. Jetzt röstet Frieda das Brot in Butter, und es kommt zusätzlich Käse darauf, der geschmolzen wird. Die Brühe aus Knochen hat Frieda mittlerweile durch eine feine Gemüsebrühe ersetzt. Auch die Zwiebeln werden in Butter geröstet. Nur der Schnittlauch ist geblieben. Schmeckt lecker und ist eine gute Verwendungsmöglichkeit für altes Brot!

Buchteln

500 g Bio-Weizenmehl,
Typ 405
1 Päckchen frische Hefe
(42 g)
80 g feiner Zucker
1 Päckchen Bio-Vanille-
zucker
200 ml lauwarme Bio-
Milch

80 g Bio-Butter
1 Bio-Ei (Größe M)
ca. 75 g weiche Butter für
Form und Buchteln
ca. 100 bis 150 g Pflau-
menmarmelade
Puderzucker

Zubereitung

Mehl in eine Schüssel geben und eine Mulde in die Mitte drücken. Hefe in die Mulde bröseln, mit etwas Zucker und zwei bis drei Esslöffeln lauwarmer Milch und etwas Mehl vom Rand der Mulde verrühren. Etwas Mehl darüberstreuen und Schüssel mit einem Tuch abdecken. Bei 38 °C 20 Minuten lang ruhen lassen.

In der Zwischenzeit eine Auflaufform gut mit Butter ausfetten.

Butter in die Milch geben und bei kleiner Hitze schmelzen lassen, abkühlen lassen und das Ei unterrühren. Eiermilch und Zucker gut mit dem Vorteig und dem Mehl verkneten.

Wieder abdecken und bei 38 °C nochmals 30 Minuten lang gehen lassen. Teig gut durchkneten und in acht gleichmäßige Stücke schneiden. Jedes Stück zu einer runden Buchtel formen, auseinanderziehen, in die Mitte einen Teelöffel Pflaumenmarmelade geben, Teigling verschließen und gut mit weicher Butter einfetten. Geht am besten mit den Händen. Die Buchteln in die Form setzen und nochmals abgedeckt 20 Minuten gehen lassen.

Backofen auf 180 °C vorheizen. Buchteln während des Backens öfter mit Butter einpinseln.

Backzeit ca. 30 bis 40 Minuten.

Anmerkung von Lena:

Noch warm und mit Vanillesoße am allerbesten!

Vanillesoße

½ l Bio-Milch	1 Vanilleschote
1 Bio-Eigelb	1 gestrichener Esslöffel
2 Esslöffel feiner Zucker	Stärkemehl

Zubereitung

Eigelb, Zucker, Stärkemehl und Mark der Vanilleschote
mit dem Schneebesen in die kalte Milch einrühren.
Schote dazugeben und unter Rühren langsam erhitzen,
bis die Soße anfängt dick zu werden. Kurz vorm Kochen
vom Herd nehmen und Schote entfernen. Falls die Soße
zu dick geworden ist, einfach etwas Milch oder süße
Sahne unterrühren. Falls die Soße zu dünn ist, etwas
Stärkemehl in kalte Milch einrühren, in die heiße Milch
einrühren und nochmals erhitzen.

Kalte Gurkensuppe

2 Gartengurken
1 Becher Schmand
1 Bund Kräuter (Schnitt-
    lauch, Petersilie, Dill)

1 Spritzer Zitronensaft
1 Teelöffel Meerrettich
    aus dem Glas
Salz, Pfeffer

Zubereitung

Gurken schälen und entkernen. Mit den übrigen Zutaten in ein hohes, schmales Gefäß geben und mit dem Stabmixer pürieren. Abschmecken.

Anmerkung von Lena:

Mit hartgekochten Eiern, Krabben oder Forellenkaviar obenauf ein wirklich feines Süppchen! Die Suppe macht Frieda manchmal mit Buttermilch. Mit gekochten kalten Kartoffeln darin macht sie auch im Sommer satt.

Lenas Lieblingsrouladen

4 Rinderrouladen
4 Scheiben Parma-
  schinken
4 bis 5 getrocknete
  Tomaten
8 schwarze Oliven
1 kleine Zwiebel
1 bis 2 Knoblauchzehen
Tomatenmark

2 bis 4 Stiele Thymian

Olivenöl
1 Bund Suppengrün
¼ bis ½ l trockener Rot-
  wein
¼ bis ½ l Gemüsebrühe
Salz, Pfeffer, Paprika
1 Zweig Rosmarin

Zubereitung

Das Fleisch kurz abspülen, trocken tupfen und eventuell platt klopfen. Dünn mit Tomatenmark bestreichen, Parmaschinken darauflegen und auf das breitere Ende der Roulade gehackte Oliven, Tomaten, Zwiebeln, Knoblauch und abgezupfte Thymianblätter geben. Rouladen vom dickeren Ende her aufrollen und mit Küchengarn einschnüren oder mit Rouladen-Klammern oder Nadeln feststecken.

Olivenöl heiß werden lassen und die Rouladen ringsum anbraten. Rouladen aus dem Topf nehmen, geputztes und kleingeschnittenes Suppengrün und einen Esslöffel Tomatenmark anrösten. Mit Rotwein ablöschen und die Rouladen wieder in den Topf setzen. Rosmarin und Gewürze zugeben. Eine Stunde lang bei kleiner Hitze köcheln lassen. Nach und nach Gemüsebrühe zugeben. Rouladen rausholen und warm stellen. Soße abseihen und eventuell mit angerührtem Stärkemehl andicken, abschmecken.

Anmerkung von Lena:

Frieda hatte Rouladen aufgetaut und dann gemerkt, dass sie für den Klassiker keine Gurken, keinen Senf und keinen Speck im Haus hatte. Das mit dem Parmaschinken, den getrockneten Tomaten und den Oliven war meine Idee. Jetzt macht Frieda die Rouladen nur noch so. Bin ich schon ein bisschen stolz drauf. Mir schmecken Bandnudeln dazu am besten.

Serviettenkloß

6 altbackene Brötchen	½ Bund Petersilie
2 Bio-Eier	60 g Butter
⅛ l Bio-Milch	Salz, Pfeffer, Muskatnuss
½ Zwiebel	

Zubereitung

Die Brötchen in Würfel schneiden. Eier mit der Milch und den Gewürzen verquirlen und über die Brötchen geben.

Zwiebel fein hacken und in der Butter glasig werden lassen, gehackte Petersilie dazugeben. Zu den Brötchen geben und gut umrühren. Ca. 20 Minuten ziehen lassen.

Die Masse nochmals gut durchrühren und in einer nassen Serviette zu einer dicken Rolle formen. Die Enden zubinden und den Kloß in kochendem Salzwasser ca. 40 Minuten leicht köcheln lassen.

Kloß rausholen, vorsichtig auswickeln und abdampfen lassen. In Scheiben von zwei Zentimetern Dicke schneiden und auf einer vorgewärmten Platte anrichten.

Anmerkung von Lena:

Und schon ist das Mittagessen für den nächsten Tag ge-
sichert: Reste vom Kloß in der Pfanne mit Butter anbraten und dazu einen Endiviensalat servieren.

Endiviensalat

1 Endiviensalat	Salz, Pfeffer, Zucker
weißer Balsamico-Essig	1 Knoblauchzehe
Sonnenblumenöl	

Zubereitung

Den Endiviensalat vierteln, am Strunk anfangen und in feine, höchstens einen halben Zentimeter breite Streifen schneiden. Die Streifen in kaltem Wasser waschen. Probieren, ob der Endiviensalat sehr bitter ist – dann einfach einen Moment im Wasser liegen lassen. Salat gut trocknen – geht am besten mit einer Salatschleuder.

Einen Esslöffel Essig mit Salz, Zucker, Pfeffer und gepresster Knoblauchzehe verrühren, dann 3 Esslöffel Sonnenblumenöl dazugeben. Dressing unter den Salat mischen. Einen Moment ziehen lassen und abschmecken.

Anmerkung von Lena:

Natürlich sollte man eigentlich keinen Salat wässern, weil dadurch die Inhaltsstoffe verloren gehen. Aber lieber weniger Inhaltsstoffe als ein bitterer Salat.

Wildschweingulasch

500 g Wildschwein-
Gulasch
½ TL Wacholderbeeren
2 bis 3 Nelken
2 Pimentkörner
1 Lorbeerblatt
½ TL schwarze Pfeffer-
körner
1 Möhre
½ Stange Lauch

1 Stange Sellerie
1 Zwiebel
Tomatenmark
1 Chilischote
½ l Rotwein
1 Zweig Rosmarin
¼ bis ½ l Brühe
Butterschmalz
süße Sahne
eventuell Speisestärke

Zubereitung

Die Gewürze im Mörser fein zerstampfen, Lorbeerblatt sehr klein schneiden. Gewürze mit dem Fleisch vermengen.

Butterschmalz heiß werden lassen und das Fleisch portionsweise anbraten. Wenn das Fleisch angebraten ist, die geputzten und fein geschnittenen Gemüse mit dem Tomatenmark anrösten. Fleisch, Chilischote und Rosmarin zugeben und mit Rotwein ablöschen. Eine bis zwei Stunden leise köcheln lassen und nach und nach mit der Brühe aufgießen.

Eventuell mit angerührter Speisestärke andicken. Wenn es zu scharf geworden ist, einen Schluck Sahne in die Soße geben.

Anmerkung von Lena:

Ich hoffe ja, dass wieder so ein schneidiger Jäger in Friedas Nachbarschaft zieht. Friedas Wildgerichte sind der
Oberhammer!

Obatzter

50 g Butter	1 kleine Zwiebel
3 Esslöffel Schmand	1 Esslöffel Rosenpaprika
100 g reifer Camembert	

Zubereitung

Butter, Schmand, Camembert und sehr fein gehackte Zwiebel in einem tiefen Teller mit einer Gabel gut vermengen. Zu einem Haufen formen und dick mit Paprika bestäuben.

Anmerkung von Lena:

Dazu gehören für mich frisches Bauernbrot, Butter und ein Radler.

Heidi Gebhardt

Tante Frieda

Ein Hohe-Tanne-Krimi

Kriminalroman.
Taschenbuch.
Auch als E-Book erhältlich.
www.list-taschenbuch.de

Ein fröhlicher Frankfurt-Krimi mit Dame, Dackel und Rezepten

Gerade noch macht sich Tante Frieda mit ihrer hungrigen Nichte Lena über ihre Leibspeise her, da ziehen dunkle Wolken auf. Im idyllischen Viertel Hohe Tanne wurde eine Leiche gefunden. Überhaupt gab es erstaunlich viele Tote in letzter Zeit. Angeblich sind alle eines natürlichen Todes gestorben. Doch Tante Frieda ist misstrauisch. Irgendetwas stimmt hier nicht. Und während die Polizei glaubt, es ginge hier um Drogenhandel, ahnt Tante Frieda, dass die Dinge anders liegen: Schnell gewinnt sie das Vertrauen der Zeugen, lässt sie alle Geheimnisse ausplaudern und kommt dem wahren Täter auf die Spur.

List